ONDA CORTA

Pablo Helguera

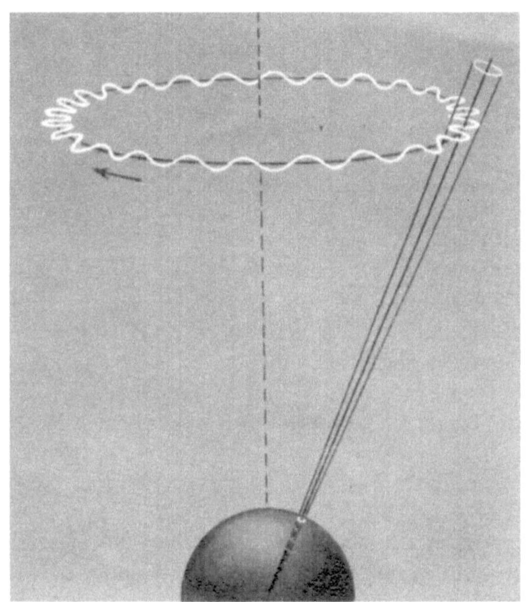

ONDA CORTA

Jorge Pinto Books
New York

Onda corta

Corrección: Lorena Marrón

Composición tipográfica: Cox-King Multimedia, www.ckmm.com.

ISBN: 978-1-934978-71-9

Índice

SINTONÍA

Pablo Helguera: Onda corta

Roberto Tejada

Los ritmos silábicos de la palabra "energúmeno" son un recital del tipo que el español –un idioma abundante en esdrújulas– está especialmente equipado para efectuar. Las líneas etimológicas de la palabra apuntan al griego y al latín, y describen a una persona poseída por el demonio y propensa a la furia, incluso cuando usos subsiguientes modificaron el término para referirlo a la figura del lunático. Desatar esas sílabas en la boca y los labios supone ya experimentar las locas articulaciones de su referente, en gestos suspendidos entre la media mueca de esa "e" inaugural y el paroxismo de aquella antepenúltima vocal acentuada. "¿Qué es una palabra?", preguntó Nietzsche. "Es la copia en sonido de un estímulo nervioso."[1] El "energúmeno" es, asimismo, un personaje frecuente en *Onda corta,* la delirante obra, de prosa exigente y magnética, de Pablo Helguera, un performance literario propio de tales formas de hablar –a la vez insomnes, impredecibles y enteramente dedicadas a la exaltación idiosincrática de sujetos desenfrenados y expuestos. "Desde que tengo memoria", recuerda el autor, "han habido dos cosas que siempre me han atraído fuertemente: los juegos de ficción (presentar algo en apariencia verdadero que en realidad es ficticio) y los juegos del absurdo o, mejor dicho, el aparente sinsentido que en algún momento cobra sentido."[2]

El énfasis en la posibilidad gestual del lenguaje no debería sorprendernos a aquellos familiarizados con este artista multidisciplinario que reacomoda las reglas del juego en términos de material, método e identidad artística. Modos diversos de escenificación, siempre con el propósito de animar acciones públicas, han conformado repetidamente sus conferencias, instalaciones, esculturas, fotografías, dibujos y obras de interacción social. Esto no es menos crucial en su escritura, como puede verse a través de una rápida comparación. Por ejemplo, en un expansivo *road trip* impulsado por la inquisición crítica y un *wanderlust* narrativo, su proyecto *La escuela panamericana del desasosiego* (2003-2006) unió elementos de una campaña educativa de tipo reformista-socialista con los de una compañía de teatro ambulante. El resultado fue un *think tank* nomáda cuya sede principal era una camioneta ambulante y una escuela portátil de estructura desarmable que viajó, con veintisiete paradas, desde Anchorage hasta Tierra del Fuego. El calendario de eventos –patrocinado a lo largo del camino por una vasta red de artistas, activistas y educadores– incluyó mesas redondas (con temas que variaban desde "los usos y malusos del arte" hasta "el populismo como revolución cultural") así como presentaciones de documentales y videos experimentales, talleres de escritura y performance, una combinación de intercambios de información y ceremonias cívicas y un blog que sobrevive todavía como documento de aquel esfuerzo.

Si para Pablo Helguera "toda obra es un guión",[3] como

aquel puesto en práctica por *La escuela panamericana del desasosiego*, entonces, en concepto y ejecución, una complejidad equivalente es lo que motiva las páginas de *Onda corta*, donde el lenguaje sirve como descripción cultural y como demostración de superficie –propuesta como persona y acción; itinerante a lo largo de un camino donde su meta incierta es la curvatura de la tierra tal y como parece coincidir con los varios estados simultáneos de un eclipse lunar.

Onda corta comienza en La Habana, Cuba, con varias geografías subsiguientes que van de la ciudad de México a Surabaya, Indonesia. Dividida en cuarenta y ocho secciones –ninguna de ellas de más de dos páginas de extensión, lo que invita a compararla con una serie de transmisión radial–, la obra se encuentra enmarcada por un prefacio y un epílogo; cada escena da paso, a su vez, a una serie de afirmaciones yuxtapuestas en lugar y tiempo para los personajes de este relato, empeñados en la realización de "una tarea determinada." En lo que es una secuencia inicial relativamente transparente ("Sintonía"), ambientada en el contexto actual de la capital de Cuba –un imaginario nacional y un ambiente construidos en el entrecruce del tiempo suspendido, el aislamiento geográfico, y el tráfico de turistas–, surge una temporalidad similar a la del proyecto inacabado de la estética modernista y las vanguardias sociales: "Aquí el presente todavía se define por un conocimiento de lo histórico, que es lo único que está a la mano de todos porque está enterrado en el pasado." Este reconocimiento activa un ensueño acerca de una radio Blaupunkt de onda corta en la remota localidad de la infancia, la simultaneidad de lugares que se vuelven disponibles a través de las ondas radiales, y la estructura de la memoria como algo paralelo a los desfases de la Historia. Lo que sigue después son sueños febriles de objetos, personas y lugares estimulados por provocaciones acerca de los viajes y el ocio (como en "Casino", "Safari" y "Bazar"); las matemáticas, la música y la medicina ("Algoritmo", "Diapasón", "Miembro fantasma", "Lobotomía"); la geografía y el mundo natural ("Panamá", "Latinoamérica", "Foraminífera"); figuras históricas, literarias o míticas ("Pípila", "Crusoe", "Juana de Arco") y varias formas de representación ("Bodegón", "Espejo convexo", "Momento decisivo").

Onda corta crea ensamblajes improbables en escenas de transmutaciones materiales y metafóricas. La posibilidad de cualquier representación estable se esfuma debido a un grupo de sujetos, animados e inanimados, dedicados al gesto calculado o accidental, tal como cuando "el energúmeno dejó de hablar pero sus brazos cumplieron las funciones de trece ministerios". Estas acrobacias retóricas rompen los hábitos gramaticales que establecen vínculos obligatorios entre causa y efecto o que privilegian lo secuencial sobre otros tipos de alineamientos temporales: "ni tampoco habría sido posible ni siquiera imaginar la posibilidad de pensar en la remota posibilidad de pensar en que la posibilidad de imaginar la remota posibilidad de imaginar lo posiblemente posible". Se trata de las perversas o excesivas signaturas temporales de la fantasía que encuentran su propósito en el mundo de los objetos; que hacen necesarias las leyes de las prohibiciones y los pensamientos indeseados que se originan aunque sea sólo para desafiarlos: "El dieciocho brumario de mi oficina despuntaba pero el sol de la hora de comer iniciaba su escape" ("Calipso"). Aquí, toda aspiración a una identidad estable –"Seamos realistas: soy el presidente de este universo"– no es sino un efecto que se reproduce a la velocidad, longitud de onda y frecuencia de la radiación electromagnética: "Dejemos todas las tiendas abiertas toda la noche, con todas las luces encendidas, pero que nadie entre en ellas, y prendamos un radio universal que narre todo aquello que no está aconteciendo, lo cual será un gran acontecimiento" ("Ritardando").

Este universo utópico coloca a la obra de Pablo Helguera en el campo expandido de la práctica surrealista, la cual valora el continuo potencial del juego como recurso estructural. El surrealismo perdura a tal grado de que sus recuentos de la experiencia son una cadena de efectos –interdisciplinarios y multimedia– que rara vez se reducen a la mera crítica negativa, prefiriendo en cambio contar felizmente la mentira que constituye la metafísica de la profundidad.

Roger Caillois escribió que el juego "puede consistir no solo en realizar acciones o en entregarse al propio destino en un ambiente imaginario sino también en volverse uno mismo un personaje ilusorio, y a través de ese comportamiento... el personaje genera la creencia o le hace creer a los otros que él es otro distinto a sí mismo."[4] En México, ya desde 1988, Helguera empezó a localizar seriamente al juego en el centro de su práctica. Al principio se volcó hacia el palíndromo, un juego de lenguaje que coquetea con el sinsentido pero cuyo valor matemático se mide por grados de acierto poético –a tal punto que la incoherencia absoluta vuelve inútil el ejercicio. Ya en los Estados Unidos, Helguera creó un heterónimo à *la* Fernando Pessoa, un alter ego literario que le daba licencia al artista para generar poemas a través del recurso de la escritura automática o del libre flujo de la consciencia; de esta manera se las arregló para contribuir anónimamente a una revista literaria bajo el pseudónimo de Rodolfo Limonini. Siendo inicialmente una broma que lo liberaba de ciertos vínculos de representación, Limonini pronto expuso los múltiples elementos y ficciones del yo; verdades en el sentido no-moral que Nietzsche describía como los "residuos de la metáfora", como monedas que "han perdido su relieve y ahora no son consideradas monedas sino metal".[5]

Siguiendo la lógica del inconsciente con técnicas parelelas de condensación y desplazamiento, el artista comenzó también a desafiar la idea recibida de que las narrativas privadas comunican un significado original, perturbando en cambio las formas ideales que contienen la maraña de frases supuestamente defendibles. A través del procedimiento surrealista de las definiciones, o de aquel de las preguntas y respuestas,[6] una cláusula temporal como "Ese fue el momento de..." se desquicia con la aparentemente inconexa consecuencia de "...las montañas rosas, todas leves presenciando una película sin importancia pero sin embargo cargada de especias árabes".

Es relevante también el hecho de que –a pesar de que Helguera ha vivido por más de veinte años en Estados Unidos y escribe la mayor parte de sus conferencias, ensayos y teoría del arte en inglés– esta forma de escribir permanece exclusivamente atada a la lengua castellana. Relacionado con esto, y con el hecho de que el surrealismo en Latinoamérica siempre nos lleva de vuelta al archivo colonial y a las circunstancias transitorias de cambio que proyectó la conciencia occidental durante la modernidad, Helguera comenzó un ambicioso proyecto titulado *La exposición bien temperada* (2011), cuyo método era "traducir" la estructura de *El clave bien temperado* de Bach a términos discursivos. Con este reconocimiento del barroco –donde las composiciones musicales y la retórica son de una sola pieza y donde la violencia y la sensualidad son producto de un sistema abierto de significado– Helguera buscó juntar partes independientes del habla en un discurso colectivo: un estilo comparable al "desasosiego panamericano". "Desasosiego panamericano" es una definición apta para esas técnicas capaces de inaugurar una apoteosis de los objetos inanimados y de re-encantar la materia prima del lenguaje, el cual de otra forma sería condenado al mero uso instrumental, y para esos métodos que animan lo arbitrario para resistir cualquier ambición totalizante.

Fundamental para el surrealismo es el hecho material del cuerpo como umbral de entrada y salida, como excepción a las leyes de la razón y como zona de inesperadas yuxtaposiciones físicas o cronológicas. Alérgico al historicismo y a sus descripciones exhaustivas, el ímpetu surrealista prolifera en oportunidad de exposición con el objetivo de estimular compromisos, y así multiplicar recursos perceptuales. En este aspecto, Helguera se alínea con la modernidad del cubano José Lezama Lima, quien consideraba que las imágenes eran "la causa secreta de la historia",[7] así como con la escritora surrealista norteamericana Barbara Guest, quien habló de la relación secreta de la poesía con la abstracción gestual a través de la cual "el arte como reflexión se volvió más instantáneo, determinado, entusiasta, libre de acción".[8]

Así como en *El amor loco* de André Breton, hay en *Onda corta* un contrapunto entre el performance verbal y la imagen muda. La destreza de la prosa y su movimiento progresivo son punteados con interludios visuales: dibujos, grabados y fotografías ofrecen la admisión de concurrencias y coincidencias, el "azar objetivo" que según Bretón hace "una burla de lo que hubiera parecido más probable".[9] La iconografía revela un punto central. Los conductores electromagnéticos, las agujas de sintonía, un tipo de cámara oscura, un tablero de juego, micrófonos y moduladores, un laboratorio acústico o cámara de eco, un observatorio humilde en un claro de bosque, postales fotográficas de Surabaya y diagramas representando las formas de motilidad humana: figuras de un mundo medido solo por lo verificable en la experiencia física.

Martin Heidegger imaginaba un "vacío infinitamente extendido de lo puramente cuantitativo" cuando propuso que "el evento fundamental de la modernidad es la conquista del mundo como imagen".[10] ¿Cómo armar un yo presente o futuro que procure la relevancia desde esa autoridad visual sobre el mundo cuantificable? Los *dramatis personae* de *Onda corta* –niño, maestra de física, energúmeno– llegan a la conclusión: "En esos momentos entiendo, creo, la modernidad, pero tal hecho no me salva;

es el actuar de forma casi imperceptible entre el pensar y el no pensar lo que nos volverá libres de nosotros mismos y de los otros que queremos ser." En los intervalos entre palabra e imagen, incremento y disminución, razón y sinrazón, emerge un compromiso de actuar en el mundo, un mundo quizá solo tan estable como la imagen con que concluye el libro: un rayo de luz que atraviesa el espacio para caer en la superficie de una imagen desde una apertura arriba; rayo que perdura hasta aquél momento en el que, "En realidad ya no pertenecemos a este mundo."

SINTONÍA

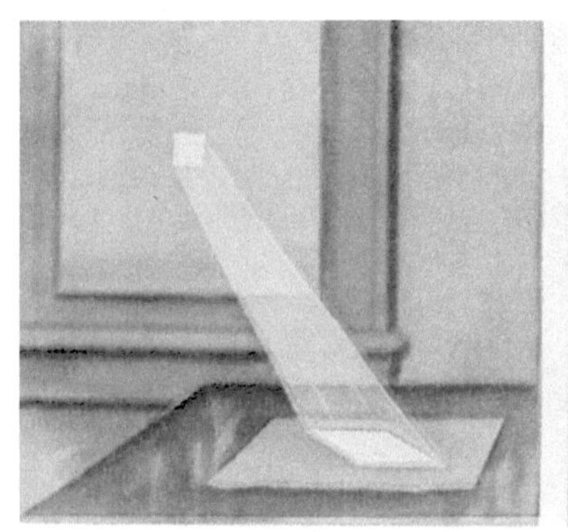
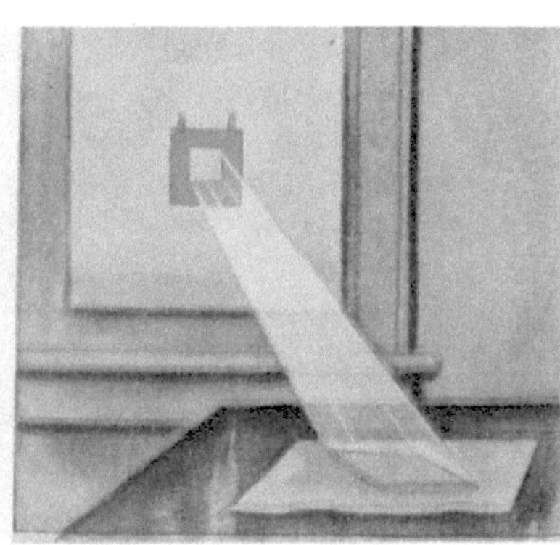

La pared descascarada con la musa sin cabeza nos esperaba pacientemente desde 1913. Se sentía que desde el momento, hace casi un siglo, en que ese artesano montó el piso de mármol ya el mármol sabía que yo llegaría a pisarlo ciento ocho años después, una noche de un jueves de la caliente y húmeda primavera habanera. Uno juraría que lo sabían los gatos que estaban en la cocina, que lo sabía aquel maestro escritor gangoso, que lo sabían los limones sumergidos en los daiquirís que los floripondiosos turistas rosas y sonrientes se tragarían unas pocas horas después, que lo sabía la cara del omnipresente héroe barbudo, con sombrero de campesino, pintada de forma naíf, encima de la bandera cubana a la entrada del edificio, junto con la famosa insignia "por eso decimos patria o muerte". Probablemente desde 1959 me esperaba la luz fluorescente a que llegara yo a ese recinto, como para cumplir una tarea determinada —no una tarea importante, sino una tarea quizá tediosa, como la de reparar aquel refrigerador monstruoso y desvencijado con motor ruidoso sobre el cual parece dormir un animal indefinido. Llegar con ocho piernas desde la calle Neptuno para sentarse en el salón ámbar con la máquina de escribir casualmente colocada, y escuchar las historias que escucha seguramente y prácticamente todo turista sobre la película, la posición de los muebles en las escenas originales, la ciudad hace dos, tres décadas; examinar los cortes de periódico y los retratos de escritores que, piensa uno, han de haber sufrido tanto pero que en las imágenes aparecen felices. Uno siente que vive desde hace ya varios años en un país que, al principio, uno piensa que está en apagón total y cuyos habitantes no saben que tal apagón existe, pero luego uno descubre que el apagón puede radicar en el cerebro propio, manifestado por nuestra imposibilidad de reconocer nuestros propios puntos ciegos. El hecho es que aquí el cielo está siempre callado y este lugar no está consciente ni de su propia inconsciencia.

Es cuando entro al baño y mientras orino con chorro percutiente que observo aquella lámina. Fue indudablemente extraída de un viejo libro de arte europeo probablemente de principios de siglo. La litografía reproduce una pintura alemana, probablemente del siglo dieciocho, o anterior. Aquí el presente todavía se define por un conocimiento de lo histórico, que es lo único que está a la mano de todos porque está enterrado en el pasado. Como aquí no hay presente sino solo suspensión del tiempo, el pasado es más real y contiene lecturas mucho más claras. Aquí este grabado, esta impresión decolorada de un libro es mucho más significativo probablemente que la obra misma, que ahora debe de estar colgando en la Albertina.

Es desde ese lugar donde la luz verduzca fluorescente comienza a encenderse, de la misma manera en que se encendía el radio de onda corta Blaupunkt de los años cincuenta que un sobrino de una tía abuela que ya no recuerdo, pero que me contaban que era casi ciego, prendía y apagaba incesantemente de niño puesto que el foco era la única luz que era capaz de percibir. Años después yo llegaba en la noche, después de cenar, a la recámara donde estaba el enorme mueble para encender el aparato; los bulbos se tardaban en calentar. Me gustaba dejar las luces apagadas en el cuarto para ver mejor las estrellas por la ventana e imaginarme cómo las ondas cruzaban el espacio para entrar dentro de este radio iluminado. Ahí, en las tripas del radio, dentro del mueble laqueado, se me había perdido una vez una serpiente mascota; había sido su nido. Eventualmente el teclado se encendía y se podía comenzar a mover el sintonizador, tratando de pescar estaciones, oyendo a veces francés, a veces italiano, a veces idiomas que eran imposibles de discernir cuando el indicador marcaba nombres como Benín, Escocia, la Unión Soviética. Era increíble oír aquellas voces que en vivo estaban viniendo de otra parte del planeta; pensar que esa conversación tenía lugar en otra parte en ese preciso instante me probaba la idea de que era posible estar acompañado en el mundo. En ese justo momento el punto azul vuelve a prenderse, regresa aquella estática provocada por los bulbos y —lo que yo me imaginaba que era— el sonido de las ondas electromagnéticas cruzando las estrellas, cruzando probablemente por la mente, con balbuceos vagamente inteligibles que tal vez son las diatribas propagandísticas de algún gobierno autoritario perdido que tienen aún vagas intenciones de presentar una cara oficial pero en un medio que quizá nadie está escuchando, ondas presentes pero que parecen producidas por un fonógrafo como si fueran la primera grabación de la historia, y yo me quedo entre ellas, alzando instintivamente la mirada hacia el cielo como antes, tratando de encontrar su tránsito en la negrura de la bóveda nocturna y las luces terrestres:

1. Dormitorio

La secadora de pelo ese martes no estaba de humor como para recoger todas las sombras. Podríamos haber organizado la una fabricación de un volován a las tres de la mañana mientras la maestra de física cantaba canciones rumanas en 1978, pero no se sentía tan palaciega la situación y los sostenes estaban demasiado apretados. Yo solo me quedaba flotando en la alberca observando esos ladrillos que cambiaban de color y sugerían que Thomas Jefferson alguna vez pensó en el color blanco y todo aquello que esto implica. No es posible ya ignorar la relación entre el champú chino contra la calvicie, de olor ultravioleta, y ese tejado de juguete en el aeropuerto. Si tan solo no fuéramos una serie de teclas tragadas por un gato, si tan solo pudiéramos encontrar aquella flor satelital que contiene las siglas de todos los personajes mágicos; nunca habría sido necesario mandar nuestros sombreros de bodas a la Sierra Maestra, ni empotrarnos un fonógrafo turco en la nuca para siempre; ni tampoco habría sido posible siquiera imaginar la posibilidad de pensar en la remota posibilidad de pensar en que la posibilidad de imaginar la remota posibilidad de imaginar lo posiblemente posible. No quiero entrar en ese salón donde aún quedan las rimas del gis, ni quiero volar de nuevo con estas alas de piedra que el mecánico burocrático nunca me ayudó a pintar del color necesario para ocasionar el éxtasis. Solo a veces podía ser una ficha bibliográfica encerrada en un mueble de caoba junto con las tabletas cuneiformes y los perfumes de los arúspices, especialmente reunidos para escuchar las fuentes cómodas y seguras. Mi mano sin que yo lo supiera se había transformado en una carriola, y el teclado de mis dientes desarrolló pensamientos que inevitablemente me obligan a tratar de arrullar a mi computadora a la hora del té. No lo digo por falta de necedad, sino por deseo de ser pensado como un árbol donde orinan todos los escritores famosos. No me dejen entrar, no me imaginen, no me busquen en la luna, no me manden continentes a mi casa. Solo quiero esa ventana enferma porque no es una marquesina. Solo quiero acariciar este llavero de carey rosa que era antes todo lo necesario para construir un palacio verde sin matices pero con tardes de carrara. No sé dónde está desde que se derrumbó la posibilidad de comer tortas de columpio roto en la esquina, desde que la prisión está en movimiento y se convierte en jirafa y en ensalada de plumas cuando me distraigo. Algún día seré aquel que no enoja a las gardenias, que plancha sus sombreros de forma colosal, que camina hacia atrás en forma de fabulosos diptongos. Pero ahora que la cocina ya no es australiana y no puedo encontrar ese documental de Bavaria por ninguna parte, ni la peluca de piel de zorro, ni los boletos para la tienda de zapatos, ni flores de plástico me podrán preparar para aquel postre final que comeremos lentísimamente con los ojos cerrados.

2. Calipso

Hacía tanto calor que las calculadoras habían dejado de hablar y el mantel ya no olía a desayuno de Maupassant como solía. Mi deseo era enmarcar el rocío en una sábana blanca al mismo tiempo que el afilador caminara por una cuerda floja directamente desde Tlalnepantla hasta Brooklyn, pero ya desde ese momento había advertido que mi dominio de los Alpes no era equiparable al vivir dentro de una llanta desinflada. El dieciocho brumario de mi oficina despuntaba pero el sol de la hora de comer iniciaba su escape. Me entró la angustia desesperada: no podía permitir que el ladrón de asientos de terciopelo volviera a hacer de las suyas. Cogí todos los gatos y aventé los trece roperos por el balcón para que no atardeciera; le pedí al barman que preparara todos los daiquirís morados sobre cuadernos para no olvidar al bisabuelo café. Pero como todo globo que se pierde en la carretera, las oscilaciones del péndulo medieval habían ya hablado. La pólvora se había convertido en mi mano; el anuncio personal olía a mi loción infantil. Ese fue el momento de las montañas rosas, todas leves, presenciando una película sin importancia pero cargada de especias árabes. No lo volveré a hacer, ni tomando copas con el cortinero, ni guardando todos esos maniquíes que se casan con pericos franceses; no volveré a buscar tubos para el pelo en aquella tumba asiria; estoy perfectamente consciente del hecho de que todas las cámaras están prendidas aun antes de que uno despierte.

3. El energúmeno

Todo comenzó con unos lentes verdes empotrados en un baño. El energúmeno era muy dulce de joven, pero ya tenía sentido de la responsabilidad. Los osos de peluche en aquella época estaban nublados (por eso nosotros hoy en día no podemos medir la cintura de las montañas). Aún así, el energúmeno no tuvo nunca titiriteros ni mucho menos guardaespaldas. Como resultado, partió al otro lado de las ventilas, cruzando desiertos azules que tomaron setecientos whiskys de recorrer. Repitió el ejercicio varias veces hasta encontrar el segundo lado del disco. Al final, su rabo era excepcional. Casi sin darse cuenta, su chaleco se había convertido en un tablado barroco. Eventualmente solo quedarían las toronjas frías, pero el energúmeno se rehusó a vivir solamente en la embajada rusa. Su ambición iba mucho más allá que pedir molletes con frijoles a diario. Después de ciertos pasos televisivos, el energúmeno dejó de hablar pero sus brazos cumplieron las funciones de trece ministerios. Dado el clima de rocío vulgar, estas condiciones resultaron en la fabricación de un cráter romántico, dentro del cual apareció la ciudad de Toledo que venía transportándose debido al gritar de las abejas desde el otro lado del Atlántico. Hasta el dios rotatorio amó al energúmeno y ahora se vestía de blanco para asegurarse de que el fetuccini se entregara a tiempo todos los días junto con la pianola en la habitación de la energúmena que, en contraste, había dejado de ser de este universo. Los calendarios adelgazaban, pero el radio de onda corta aún tenía su foco azul. Una de las recámaras conducía directamente al Vaticano, pero todos lo habían olvidado. Finalmente llegó el momento aciago en que hubo que entregar las fuentes y los escritorios a los lagartos, tanto los culpables como los inocentes, pero afortunadamente no antes de que el energúmeno se volviera película technicolor, sin saber su propio destino, saludando de paso amablemente a los pordioseros, caminando hacia la peluquería del olvido.

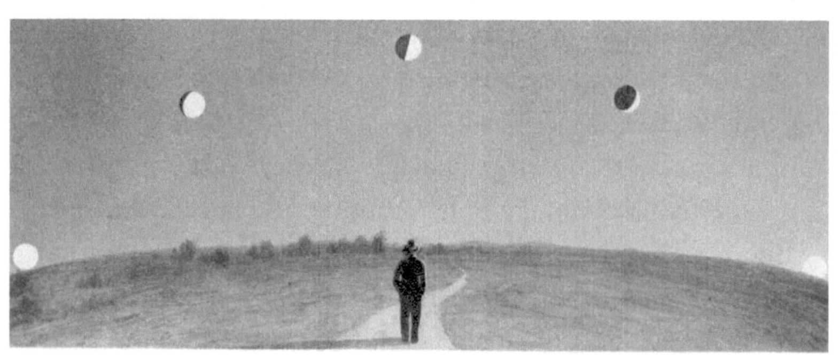

4. Safari

La cigarra cerró las puertas del infierno con toda determinación, pero aquella luz del estacionamiento del supermercado pegado al aeropuerto no se desvanecía para nada. Al contrario, la cigarra comprendió que nunca lograría colocar aquel plumero en la terraza por más naranja que fuera. Cuando le preguntaban que por qué ese olor de betabel a la hora de dejar su país para siempre, la cigarra nunca respondía, pero sabía que al pasar el taxi por ese puente había dado con la luz, iluminando la cafetería con algunos oficinistas como siempre tomando, supongamos, unos cafés ejecutivos con pan dulce, con corbatas marrón y sacos de poliéster, y se había dicho que ese era el momento decisivo, cuando se parten las aguas de las consciencias. Íntimamente sabía que había una cierta seguridad en esa luz y en ese café de los oficinistas, que ellos disfrutarían para siempre; el café de la rutina y las remisiones y los chismes de amigos, sin saber que existe otro mundo donde nada de aquello tiene sentido alguno. Pensemos en aquella luz; la cigarra sabía que sus consciencias, por más naranjas que fueran, nunca comprenderían las puertas del infierno. La cigarra nunca respondía debido a esos sacos de poliéster del restaurante, íntimamente, ese olor a betabel, que le perseguiría para siempre hasta el día de su muerte, generándole un tono verduzco a todas las caras y los bares y las calles.

5. Bazar

El espía vestido de blanco y sombrero de panamá se aproxima en bicicleta para siempre, en una película muda que veremos permanentemente en ese teatro que tiene siglas masónicas y donde hace tanto calor que seguramente el marajá que lo erigió no tenía células de sudor. Siempre supe que esos abanicos enormes que tenía el aeropuerto del exilio no podían reemplazar realidad alguna. Pero aún así, no sé por qué, continúo viniendo todos los días a trabajar al bazar. No me importa que los únicos colores aquí sean rojo, blanco y gris, si es que ese gris se considera un color. Tampoco me molesta este sombrero de elefante, ni el hecho de que todavía sea el siglo diecinueve. Me molesta que ese espía conozca mi cigarra y que aparente hablar alemán. Seamos realistas: yo soy el presidente de este universo. Por más árboles que respiren yodo, los órganos nacionales no pueden imitar mi voz. Pero eso yo solo lo sé, y el que yo tan solo lo sepa en realidad es casi como si nadie lo supiera, como la cantante que comete un error en un recital cuando todos están dormidos. Me causa dolor y un poco de nostalgia, lo confieso, pero a la vez me vale verga. Admito, eso sí, que la luz más poderosa del mundo también pasa por aquí, la luz de la profesora de física que a veces se asoma por el acantilado de la cocina. Ahí es donde veo a veces a Zaratustra, que me causa profundo estremecimiento y me hace querer ser un caracol inamovible para siempre. Zaratustra siempre llega con su cocina naranja, salchichas con fresas y crema como las comía Asterix en San Pedro de los Pinos. Desde aquí puedo ver ese mal vino, que casi es bueno por la bella etiqueta. Mi vida, como la de muchos, es solamente la imagen más hermosa del mundo. Por más árboles que respiren yodo, absorbiendo los últimos colores que me quedan en este siglo diecinueve, no sé por qué, seguramente esos abanicos enormes que este teatro con siglas masónicas continúa presentando en alemán me remiten a Zaratustra, pero eso solo yo lo sé, y prefiero guardar a mi cigarra en unos vasos de cristal cortado que alguien quiso regalar para una boda pero que al final se quedaron para siempre envueltos en papel celofán con un moño, encima del refrigerador para que no se los comiera el perro. El sol de Zaratustra regresa violentamente desde el acantilado y me doy cuenta, en este último minuto de mi vida, que yo soy aquel error de la cantante en medio del teatro, aquel caracol insignificante en la clase de física, cayendo en la profundidad del acantilado sin que nadie lo note puesto que todos los presentes están dormidos.

6. Camerino

Desperté en medio de una mañana medieval con olor a césped mojado. El tocadiscos se había quedando tocando por trece años y, como resultado, mis mascotas acuáticas habían perecido. La mañana estaba más bien disfrazada de tarde y de perfume de Halloween con máscara de goma de Drácula, como la que me puse una vez para impresionar a las sirenas de mi infancia. Lentamente caminé por toda la carretera que conducía al baño con todos los violines. Yo sabía que detrás de esta puerta estaban las cumbres borrascosas, pero en aquellos tiempos era un secreto. Estaba determinado que este día no fuera un diapasón de aquellos que se quedan enterrados para siempre. ¡Oh!, dijo la ardilla, que ahora siempre duerme junto a mí. Recordé de inmediato que los niños héroes triunfaron debido a que todos compraron una licuadora a la hora indicada, antes de las rebajas. Pero yo no. ¿Cómo iba a poder yo establecer vínculos circenses con el planeta Marte a estas horas? Ni siquiera la palomita de maíz me explicó que así no se hacen las películas de Luis Buñuel. Pensé de nuevo, por supuesto, en Zaratustra, quien casi no existía en aquel entonces, o por lo menos esa es la historia oficial. ¿En qué época vivo ahora? Ese, creo, es el problema principal de este juego de billar que se autorrepite tantas veces en el bar de mis cocos en Brooklyn y, sin embargo, nunca deja de generar espuma morada en este bar, en la esquina de una serie televisiva. De cualquier manera en ese momento traté de hacer progreso, abriendo un refrigerador que utilizaría como cápsula de tiempo, insertando algunos manifiestos, manos de sirena, chicharrones y un mosco indonesio, con el fin de que a la hora del congreso de la unión se sepa que las coronas navideñas que portaba la cigarra siempre en la falda eran absolutamente necesarias.

Pero era hora de regresar al bazar, que esta mañana había amanecido en el centro de Tegucigalpa, donde todo era de juguete —no de juguete caro, por supuesto, sino de juguete chino envenenado. Recuerdo que yo llevaba puesto un automóvil blindado de poliéster. Cuando encontré una pianola en el balcón central por supuesto pensé en el energúmeno y en todo lo que habría dicho —aunque en realidad nunca lo conocí y no tengo la menor idea de lo que habría dicho. Aún así organicé los vinos como siempre, en medio de un túnel de azufre. A ratos salía mi tía, como suele salir una nuez sorpresiva dentro de la colación. Un micrófono y un podio se erguían en medio de la nada, y un pantano esperaba la llegada del hotel donde esperaban los ejércitos de compradores. Siempre había hecho esta tarea, tan bien memorizada desde el día en que las telenovelas se presentaban en la ropería. Lo hago ya como un ser somnámbulo, como si no existiéramos ya ni yo ni el universo. Sucede que no quedan ya conductores de tren dentro de estos Cazares, o más bien que nunca han existido más que estampados en un gran jarrón. Por eso, desde que aparecí dentro de una cáscara de nuez, los dioses me asignaron el papel de maquillista. Como todo ser levemente extranjero en una ciudad llena de artefactos y cédulas agropecuarias, me di pronto cuenta de que era prisionero en un campo infinito del espacio, y que la única manera de recobrar aquella libertad era renunciando a ella para así encontrar un mundo mucho más pequeño que tuviera sentido, hasta desaparecer. Por cierto, ¿alguien me podría explicar dónde estoy?

7. Conferencia

Señoras y señores —dijo el hermoso viceministro. Todos las gardenias habían llegado en sus macetas a escuchar la sinfonía de esponjas. Eran como las quince de la noche y, aunque el mundo externo estaba en tranquilidad, yo lo extrañaba, casi sin darme cuenta de que yo estaba fusionado a la tubería de esta conversación. Señoras y señores —dijo el viceministro mientras salía una corona de rosales detrás del podio. Realmente no era un mal espectáculo el pensar remotamente en la legión extranjera durante la hora feliz, o en modelos lituanas mientras uno trata de hacer puré de rábanos utilizando los últimos ensayos de Barthes escritos en St. Barts. En ese momento pienso de nuevo en Zaratustra y en el energúmeno que se aparecen brevemente por la no ventana dentro del auditorio, pero yo sé que esa es una estrategia de mi computadora solo para que yo me tropiece. Mejor enfocarse en aquellas pequeñas luces diminutas. ¡Oh!, me distraje. El viceministro ya estaba desmontando el piano, dictando la diferencia entre los asientos de cuero para licenciados y las charreteras que se consiguen en la frontera. Tanto me distraigo diciéndome que me distraigo que eso me distrae aún más. Ya casi llega la playa, y ese es precisamente el problema. ¿Cómo es posible que nadie se de cuenta de que soy un quirófano extraviado en la muralla china? Oigo murmullos de gansos, pero no sé si vienen de aquella fuente italiana escondida debajo de mi axila o si son en realidad el efecto de la semidiversión resultante de la batalla entre Wittgenstein y Russell.

Estoy poniéndome color de flan. Finalmente termina el viceministro, después de setenta y nueve siglos de habernos enseñado cada uno de sus vellos. Todos lo admiran, pero nadie sabe por qué sabe a atole. La luz de las cortinas rojas de terciopelo habría sido suficiente para tener una agradable noche. Lástima que no traje mis pantalones cómodos esta vez; sucede que se escondieron detrás del Kremlin a la hora en que me tocaba producir la voz de su amo. Y ahora todos ya se han ido, mientras yo seguía dándole agua a las plantas, a pesar de que la sinfonía había concluido quince veces. Ahora todos estaban haciendo ruidos con los platos, pero ya en Francia. Quizá sea mejor así. Creo que me han condenado a muerte: eso sería una liberación.

8. Consultorio

"Seamos realistas", dijo el elefante. "¿En qué estás pensando?"

Yo solo lo miré con gran desconcierto, mientras permanecía sentado en la cuerda floja.

"No es hora de aprender judo."

"Lo sé."

"Entonces ¿por qué te robas la pata de la cabra científica?"

No tenía una respuesta para eso, ni tampoco para la pregunta de por qué aquel jueves en la tarde fui al cine París para jugar con los arcoíris. Pero no es como si hubiera comida corrida todos los días.

"Lame los ladrillos", me increpó el elefante con dureza.

Siempre he tenido problemas con la autoridad proveniente de eminencias grises.

En eso llegó el huracán para destruirlo absolutamente todo. No quedó nada ni nadie, ni siquiera los bigotes del gato.

Es interesante cómo una cocina económica puede llegar a ser la suela de la revolución.

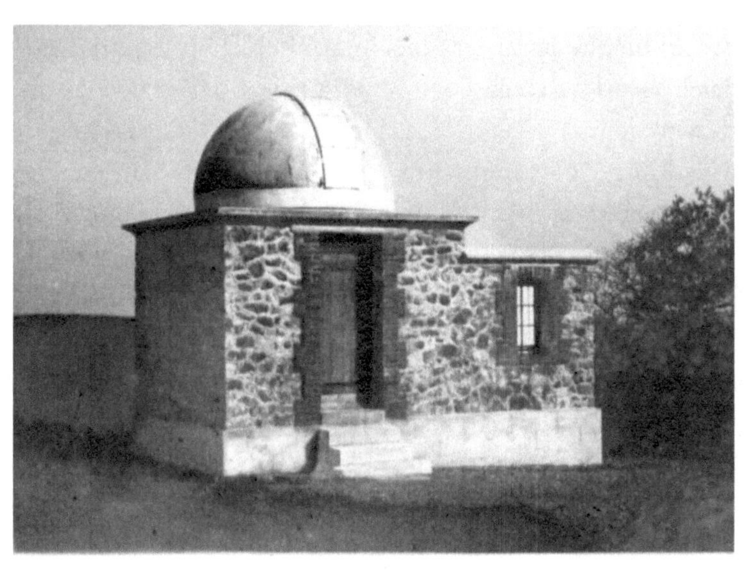

9. Noche prenupcial

Antes de que le pusiera loción a mi colchón y perfume a las bolsitas de arroz llegó la hora típica de las noches de verano de ir al palacio de las luces nocturnas. Las ranas nos veían llegar cómodamente y, aunque casi no había nadie, estaba el lugar lleno de presencias. Las luces iluminaban perfectamente la modernidad, desde la moda hasta las licuadoras. Quería quedarme a vivir entre los estantes, ya fuera en el mostrador de los relojes, en la galería de cuadros decorativos o, mejor aún, en la sección de semidamas, donde uno puede esconderse para siempre en las faldas floridas fluorescentes de 1985. Apenas comenzaban a olerme a ladrillo las cosas, pero la presencia de la luz era inolvidable y me remitía a mi cangrejo personal de toda la vida al que le dejé torpemente desarrollar barba de hongos. El pasto también nos miraba en silencio, pasto que nadie pisará seguramente en toda su vida porque a fin de cuentas solo es un pasto para ser visto y no usado; quizá, pienso yo, esa también es mi función en esta vida, y son aquellos que aceptan tal destino los que en realidad mueren para siempre o viven como fantasmas sin que nosotros sepamos del todo qué es lo que hacen o qué es lo que piensan. El barómetro del jardín de infantes que analizaba lo que ocurría en esta situación nocturna comenzaba a alarmarse, mientras que yo me preguntaba si era posible hacer masa para el resto de nuestras vidas. No es fácil alarmarse con problemas existenciales, y mucho menos lo es el decidir que uno es un analista soviético. A veces en aquellas épocas me llamaba (o yo hacía que se me llamara) una España inexistente, con sus patios granadinos y lamentos gitanos, solo porque decidía que el viento del verano nocturno estaba hecho para eso. Caminábamos siguiendo a la líder, lo cual me daba gusto porque ella sí tenía sentido de propósito y nosotros no, no teníamos otra obligación más que la de seguirla y verlo todo. El pasto, desde fuera muy presente, nos miraba sin saber qué decir, y yo sabiendo que estaba ahí. Las luces neón de los letreros de las tiendas disparaban seguridad, confirmación de acompañamiento, y hay que recordar que en aquella época aún no era posible estar acompañado permanentemente, que hubo eras en las que la absoluta soledad era posible, así como el absoluto olvido y la absoluta ignorancia. Entonces teníamos aquel olor a coche nuevo, el plástico, la goma, la loción con base de alcohol y la medicina para la tos roja marca doctor Lamborghini o algo por el estilo, la que asociaba yo con el cine continental donde colgaban los diferentes personajes de Disney y a veces se veían foquitos brillando en las paredes y techos como sugiriendo el cielo estrellado. A veces despierto con la sensación de que tengo esto escrito en los brazos, como si todos lo pudieran ver inmediatamente, pero en realidad nadie nunca lo ve, como si nadie supiera que existe el espacio sideral. Ni siquiera se me ocurría en ese momento que un día solo yo quedaría vivo y que ese recuerdo dependería enteramente de mí, al igual que muchos otros, y que sería mi misión el salvarlos de aquel armatoste destructivo de todo lo que pasa una vez pero no se conmemora ni se repite. No sé que significa este semáforo, y se me acaba el tiempo, para colmo de males, como si yo fuera Miguel Strogoff y mi mensaje atorado conmigo estuviera cayendo en un precipicio. No queda más remedio que comprar tubos rosas para el pelo y volverse muy adepto a la retórica persa. Pero ya no me escucha aquel yo del pasado; ya no tiene caso hacer recomendaciones; no tiene caso guardar luces de neón. Ahora solo quisiera ser un poco más serio y que mi buena voluntad se desvaneciera brevemente. Aún hoy, con barba sideral, sigo esperando que esto suceda.

10. Ruso blanco

El coro soviético se escondía detrás de ese librero donde mi tía colocaba los agitadores para el kahlúa. Fue incluso antes del terremoto, cuando aún se podían armar vitrales con diurex y cuando todavía no había diferencia alguna entre las pinturas del abuelo y las de Tintoretto. Incluso Boccaccio era pintor, y las guitarras abundaban junto con el pirograbado y las tinturas azules en los parabrisas. "He vivido diez años en ocho ciudades", decía la colosal antropófaga con ínfulas de modestia. En realidad el aire delgado cambiaba la tintura de las fotografías, que al final se convertirían en esta época anticuada con abrigos de cuero y visitas a Madrid, y que yo nunca pude ver por ser un nonato. Los álbumes se ponen a cantar en coro cada vez que entro a ese bazar del sábado eterno, como si cada entrada significara una travesía por todas las catedrales del mundo. Era de esperarse, considerando que todos los elefantes del universo estaban apelmazados en esos rincones de estantes de madera pintada de verde cuatrocientas veces. Aún me calman aquellos techos verdes construidos para los carteros porque me recuerdan los días cuando pasaba la niña más hermosa del mundo y yo la espiaba desde ahí en lo que se metía a un trasatlántico negro, inaccesible para mis zapatos de charol Mickey comprados en el mercado de Medellín. Los mismos colores se deberían amar, y sin embargo los más grandes acantilados emergen debajo de los suelos cuando comienza a llover y hacemos una sola llamada telefónica. Recorro la misma avenida por en medio, sin dinero, con ropa de moda obligatoria, pasando las linternas reconfortantes de La Pérgola, como si estuviera en una parte más elegante y glamorosa, como bien sucede en esta ciudad de falsos escapismos. Sigo persiguiendo al sol, que lentamente cambia de color, haciéndose huevo y luego mamey, y yo sabiendo que llegará el momento en que se desvanezca permanentemente y solo quede el deprimente azul marino y el olor húmedo de la lluvia y las luces rojas y blancas de los carros de todos nuestros padres que están de regreso del trabajo.

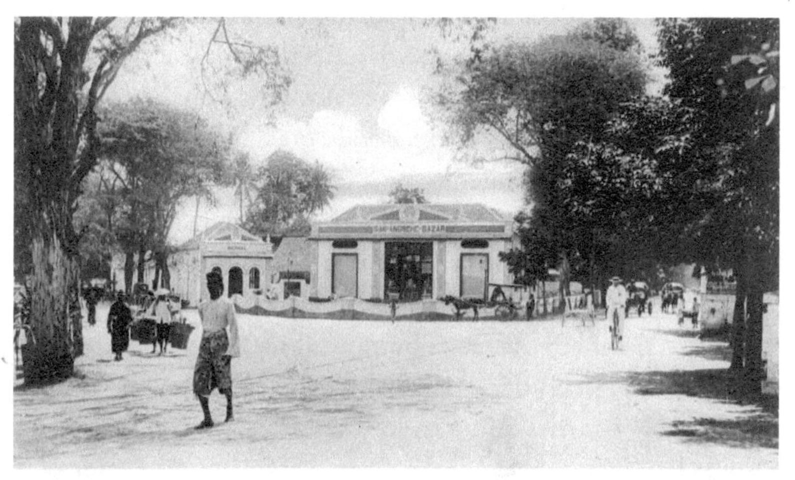

Soerabaia Driesprong Toendjoengan - Embong Malang - Simpang.
Uitgave: J. M. Chs. Nijland, Societeitstraat, Soerabaia.

11. Soerabaia

¡Soerabaia! Ese será mi clamor decimonónico de ahora en adelante, cada vez que yo trate de rellenar un pavo con pasas y esferas. Las brujas explotan en las aceras nocturnas y en alguna parte, donde queda una de aquellas misteriosas luces, alguien toma atole. Me reconforta pensar que al menos alguien, en mi infancia, es feliz. El mundo es como una gran rueda dentro de la cual despertamos a cada hora, como un infante, pidiendo que nos organicen nuestro pequeño universo. Somos sal de la tierra, pero no es necesario pedir demasiados biscochos de esta vida, ya lo decía el gendarme de todos los días. Bastaría con vestirse uno de novia para entender lo que significa el destierro de las revoluciones sociales, o para saber lo que se siente ser devorado por un oso. Pero desvarío: el hecho es que estamos en 1967 y yo puedo recitar de memoria todos los expedientes requeridos por los historiadores de las transacciones más remotas que se han hecho en estos instantes. La conmemoración de todo aquello que se autodefine como la respuesta a la elucubración específica de Benjamin y luego de Barthes sobre la autenticidad no da ya para más; si bien nos ayuda ahora el hecho de que estamos en este oscuro bosque encantado, donde hasta las plantas tienen opiniones políticas y donde no es posible ser conservador sin ser humillado de forma ruidosamente publica y, a su manera, despreciable. No soy pirata, pero confieso que a lo largo de nuestras vidas todo lo que ha pasado no es muy distinto a aquella fuente llena de colores y burbujas de jabón que inventamos en nuestra infancia pero que se colocaba enfrente de un restaurante europeo. La camisa, la mirada, el bigote y el sombrero son ejemplos de que se me ha estropeado ya de fijo la elegancia que yo truje y la cual no me es posible esconder debajo de la mesa, a pesar de que vayamos a un lugar tan difícil e inaccesible como la cueva de Salamanca. Sin embargo, yo soy experto en averiguar lo que ha pasado con todos los mártires que han existido desde que el calendario azteca nos ayuda relativamente a encontrar el día, la hora y el lugar exactos como si fuera guía de turistas en un idioma que nadie entiende pero que a la vez es universal, como la historia universal de la infamia. Este jugo de naranja quizás es todo lo que queda de aquella época en que todo era espacial —aunque ya no sé si lo espacial era el vehículo o las ideas de nuestro padre sobre la obligada misa. Dale esa fuente y pronto tendrás un problema del tamaño de nuestro continente sin contar las múltiples atrocidades equivalentes a todas las palabras que la humanidad ha dicho hasta ahora, como si una cascada nos cayera a mí y a ti en estos momentos y no supiéramos hacia dónde va aquel huracán. Creo haber asegurado el trascurso de la vida. Lo único que sé es que la respuesta a esta pregunta que me empuja al suicidio es esa imagen en la postal, ámbar, borrosa, ininteligible, que decidí no googlear en mi pantalla para aceptar este matrimonio secreto: Soerabaia.

12. Gertrudis

Gertrudis me miraba desde hacía cien años —o por lo menos esa era la teoría de mi complejo de superioridad que todos los días entraba conmigo al baño para hacer declaraciones, a pesar de que yo nunca había dejado de ahorrar en mi cochinito de cerámica. ¿No es acaso insoportable que haya una mirada pegosteada siempre en nuestra frente, que nunca logremos evadir los impuestos de los ancestros, que las cascadas de pus nunca lleguen a su destino? Parecería una tarea fácil la de ir a la papelería y pedir un papel engargolado, de aquellos que se usaban en el siglo diecisiete para sacrificar a las brujas, y certificar nuestra esquizofrenia. Zaratustra no lo entenderá jamás. Hemos hecho estragos con los dioses, y ahora ellos se quejan de nuestros crímenes en la juguetería. La compañía entera vino a la matinée, pero nada se puede concretar solo por que nos falta un sombrero. Ni siquiera un gaucho en la pampa brasileira podría lograr escribir el ensayo que le había encargado, pidiéndole que analizara con modelos espaciales. Estratosféricamente descubrimos que el tiempo no existe, mientras que todavía se permite que los estacionamientos desplacen las camas matrimoniales. ¿Cómo es posible que exista tal conspiración de ingredientes? Es culpa de Gertrudis, pero las escalinatas al parnaso de cualquier forma se habrían desmoronado antes de que yo naciera. No hubiera podido tener ese amor por la boleta naranja de ahorros, o exigir miradas y dinero de todos aquellos que lo acaban engargolando a uno. Hay tanto deseo de desear y, a pesar de todo, los cachorros del mañana siempre nos decepcionan. No quiero miradas ya, no me interesa la aritmética de la crema pastelera.

Solo quizás un arbusto de vez en cuando, escondido en la oficina, con frutos amargos, se siente verdadero.

13. Ritardando

Dentro de la boca se desvanece —como crepúsculo de escuela— aquel experimento de química que hicimos a la mitad de la telenovela. Las frutas de plástico colgaban todavía desde los candiles, todas borrosas ya, pero aún registrando los ecos de los miles de restaurantes que pasaron por esos corredores, antes y después del terremoto. No puedo encontrar los recetarios que usaba Sor Juana, pero seguramente encontrarlos no sería sino una gran decepción. Es como cuando uno va a buscar un baobab al mercado y solo encuentra pisos de formáica sin pena ni gloria. El yogur y el yoga eran lo único que me quedaba, junto con la idea de cortarse el pelo muy corto y diseñar payasos al estilo de los ochenta. Dejemos todas las tiendas abiertas toda la noche, con todas las luces encendidas, pero que nadie entre en ellas, y prendamos un radio universal que narre todo aquello que no está aconteciendo, lo cual será un gran acontecimiento. Estamos presenciando la búsqueda nacional por la piel más lisa, la gran travesía por una palabra mágica que solo la supo un gato por unos segundos, misteriosamente, antes de comer. El encuentro de dicha biblia formal constituiría la renovación moral de la sociedad, una nueva dentadura de diamantes imaginada por un tamagochi. Pero regresemos a la cocina, a pesar de que ahora por accidente se ha poblado de cactus venenosos. Solo sería necesario pisar los cuernos del toro, aludir a algunos cuantos incidentes vergonzosos de nuestras vidas, y de inmediato se abrirá el tendedero para que podamos leer a Spinoza con calma. Yo no soy roca y sin embargo persevero en mi ser, por alguna razón que no me fue regalada en aquella era antes del yogur, del tamagochi o del gato. Las venas abiertas se me caen, me hacen tropezar en las escalinatas del parnaso, donde debería llegar a que me dieran el Nobel, pero el no conseguir el borscht a tiempo parecerá un pretexto excelente para ser sacrificado en la canícula. No sé cómo fue que de repente todo pareció una vida determinada por una calabaza de Halloween, dirigida por burócratas más talentosos que yo. Probablemente la ceguera siempre ha sido una ley universal, escondida tras los rincones, temerosa de que alguien la vea, pero siempre hablando contigo y siempre hablando conmigo, pretendiendo ser historia que planta signos. La respuesta está en ese librito que nunca encontraré y que de por sí se ha transferido a caldo electrónico como todos los tulipanes que alguna vez hablaron ruso en nuestras fiestas infantiles. La película de Bavaria es la otra cosa que no tiene nada que ver con esta conversación, por cierto. O el estudio académico de la lengua árabe que por lo menos nos trajo un paquete lleno de almohadas, jabones, almudarras y mezquitas, tal y como le gustaban al energúmeno. Yo era estudiante entonces, más delgado que un programa de desarrollo para las comunidades. Todo se veía ideal entonces, y también infinito cuando era necesario. No es fácil explicar por qué todo el mal del mundo podría haber sido eliminado entonces; pero las calles limpias y blancas en el ardor del sexo a la hora de la siesta contenían sin duda tanques de olvido que nadie, ni siquiera nadie, podría haber adoptado y llevado a su ropería. A veces, cuando no estoy en la fábrica de pañales, pienso en aquellos bares y alcaparras, y me imagino las maneras en que un joyero experto podría haber armado hasta el cansancio todas aquellas burbujas radiales que por entonces solo flotaban en las casas de los decanos, y las podría haber armado como un lego hasta formar la catedral de la ignominia, tan poderosa que habría aplastado todos los fideos negros y a las modelos topless que acabaron en realidad destruyendo toda posibilidad de otro Picasso o de una vida local admirada. Le compro de momento un billete al ciego, anticipando que no pase nada en el ámbito de los engranes celestiales a pesar de Kircher y de Galeno. Qué exageración, realmente, decir que la sangre naranja puede ser de todos, pensar que a las tres de la mañana uno pueda todavía robarse momentos espectaculares de las olas. Sueño solo con esos sonidos, como si yo fuera la colosal antropófaga o, peor aún, la hija muerta de aquel marajá, como si alguien me buscara, como si viviera dentro de esos leones sedientos, como si todo yo estuviera en ese techo empotrado dentro de las bocas de todos y aún así no se me pudiera nunca nombrar.

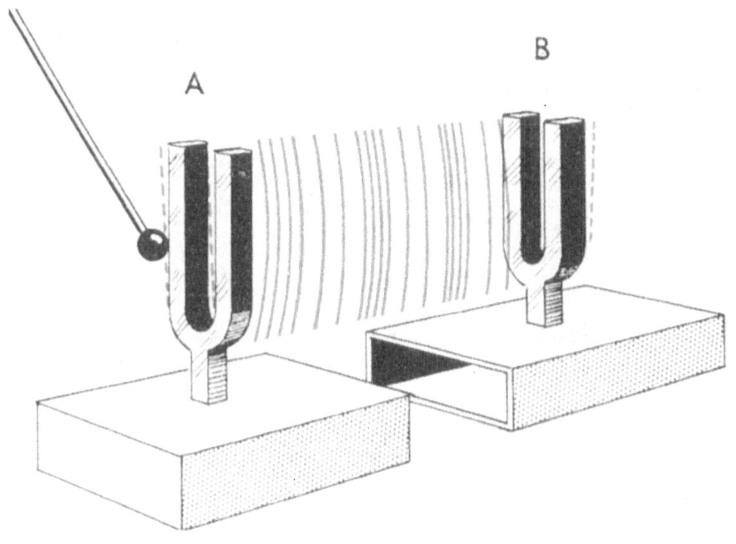
A
B

14. Bodegón

Mira cuidadosamente este bodegón hecho de interludios. La pala mágica prodigiosa, que surge cada siglo como el cometa que vio mi abuela en 1910 y que justo pasó de nuevo pero te lo acabas de perder, es la perfecta conjunción de péndulo y sonaja. Dentro de esta cuna, donde yacen los rosales que compramos para el asesinato de las nubes, se podría organizar una conferencia magistral que consistiera en una sola letra. Realmente prefiero aquellos teatros naranjas justo después de haber salido yo del baño. La radio comienza a proyectar imágenes de los ríos de China y las últimas palabras de Lao Tsé. Los posters que remontan a las obras de teatro de los setenta tienen sombreros de globo. Apenas entro y está ahí sentado Ingmar Bergman, listo para compartir su loción. Juntos vemos un río medieval que se convierte en mujer. Me como las agujetas. Pasa por ahí el Poeta. Los largos silencios se sienten profundamente cómodos. El vino de honor es pésimo, pero de cualquier manera nos volveremos adictos. En medio de la multitud que solo vino a la fiesta aparece el chango modelo con sonrisa de cuero de gato. Me pisa los pies; alguien le dice que me salude. Sus patillas voltean y apenas me mira, pero es para caminar hacia otros, abrazando a otros camellos famosos. Yo continúo haciéndome píldora, entrando a la maceta de ladrillo del rincón verdegris. El estacionamiento afuera se siente más agradable, sin dolor de estómago ni nudo en la garganta. Me escondo en la librería viendo las portadas y los títulos, los discos con voces de dioses atrapadas, preguntándoles lo que significa ser inmortal, ser una de aquellas montañas que ven pasar los cometas cada cien años. Algo se escucha desde lejos, sugiriendo una transmisión de la verdad de las cosas por cortesía de un país probablemente ya inexistente.

15. Cerrada

A la entrada de su casa había un penacho de núcleos celestiales con la frase la realidad no tiene base, esa es la base de la realidad. Las partículas de gas me seguían por más que me alejara yo del sol. Atrás, siempre atrás estaba la pantalla enorme con el béisbol todo el tiempo, permanentemente. Era la manera de estar acompañado, aunque de cualquier forma León Felipe, Cortázar, Cervantes, Pound, Blake estaban sentados en la sala, fumando y hablando ruidosamente mientras yo me escondía debajo de las escaleras. Podía escuchar al tigre del otro lado de la pared y sentir la sensación del personaje de la novela romántica, sabiendo que al entrar en la cocina olería a cumbres borrascosas. Arriba había una tortuga y un reguilete y un terreno inexplorado, pero el baño era verde y luminoso. Los libros de nuevo rugían, disolviéndose a veces en alcohol y en cenizas, los papeles amarillos adquiriendo gravedad, los manuscritos volviéndose arqueología casera. Siempre me gustan esas alfombras gordas rojas con pelos gruesos que ya nadie compra ni besa. Desde entonces cada topo me parece un héroe y las cintas magnéticas se vuelven mares tirrenos donde los esqueletos habitan las emociones primarias. Cada uno guarda aquellas sesiones radiales cuando la clase de física se diluía en medio de un sábado y los hospitales infantiles nos miraban con enorme satisfacción desde la cafetería y las loncheras de los venturosos. Aunque todavía aquella cámara no ha muerto, sería imposible revivirla sin hacer notar el tipo de soufflé y áspic que dominaban las lógicas soviéticas de aquel desván. Barcelona no era sino una palabra etérea, lo cual suele pasar con las ciudades cuando uno vive en la modernidad medieval. El pasto cortado siempre me olió a siglo once, pero solo en los días nublados. Casi quisiera robarme algunos troncos para levantar un granero donde podríamos tocar la marsellesa cada hora y robarnos (solo de vez en cuando) a algunas personas sabiondas para integrar la mesa directiva de nuestras más fallidas ideas estéticas, aquellas que nunca llegaron a ninguna parte pero que tampoco nadie supo reconocer de forma alguna. Regresemos al puerto de inmediato para reunir todos los yates de nuestros éxitos y recordarnos que a veces las nueces truenan en el momento adecuado. Hay que coleccionar todas las bebidas extintas y pretender que vivimos en el Amazonas. No es este el momento para hacer experimentos con niñas ni con arzobispos, pero estoy tan enfermo que no sería coincidencia que el puente de mis errores llegara hasta el final de los tiempos, mientras que lo que parecía ser el poder de una pluma vaya desapareciendo poco a poco como la estación que se diluye en las paredes del gimnasio o la larguísima sonrisa de gato que pasa tan a deshoras que es como un cometa que nos da una irrefutable razón para seguir viviendo.

16. Celosía

Zaratustra: me preguntas que qué significa aquella rejilla por donde se cuela esa luz azul al oído mientras te tomas la leche caliente en el tren. Sin duda es una de aquellas memorias concebidas antes de nacer, el cáliz inmortal de todos los alquimistas.

17. Pípila

Hagamos todos los cafés de sabores a la hora de la post-adolescencia, caminando en el frío soleado cargando trece edificios art decó. Desvisto la oficina del energúmeno, me trago las ventanas. Aún ahí está la elefanta rubia, contestando el teléfono. No existían las computadoras en ese entonces hecho de terlenka. Lo bueno era que los veranos eran como vivir en un q-tip húmedo con sonoros episodios de patios españoles, y Borges venía a visitar todos los días. En realidad no importaba que la pobreza fuera china, ni que las revoluciones sociales no estuvieran de venta en la farmacia de enfrente. ¿Quiénes son aquellos que en ese momento estaban despiertos? Cocinemos las texturas de esos momentos irrelevantes, tanto la de Bavaria como la de Soerabaia, pues después de todo ningún mago sería capaz de reparar ese escusado que todas las horas se atora asquerosamente en el hotel. No quiero ser descubierto ya; quisiera ser una tortuga en las sierras de Oaxaca, aunque sé que los ladrillos que me atrapan no me van a dejar entrar siquiera a la salita de estar. Creo que ya me he convertido en un ancestro sepia, sin haberlo percibido o sin que pudiera llevarme aquellos rayos equis que cantaban aquel requiebre de la luna negra. Sigo siendo, efectivamente, el Pípila, pero con el pelo teñido, con un disfraz anticuado que no compré en la tienda de usado en la calle Ocho, con zapatos plastimarx que sin duda valdrían muchísimo si no los hubiera escogido yo. No pido silencio, ni tampoco dedico mis rosales a las estratósferas: solo armo argumentos contra mí mismo.

18. Diapasón

Se agitaba voluptuosamente la asamblea en lo que yo trataba de finalizar mi disertación. Nunca me ha quedado claro que sea posible que yo construya pirámides cuando en realidad un conejo me ganó todas las espuelas en los concursos de belleza. No puede deberse a otra cosa sino a que yo era incapaz de comunicar tan solo el sabor de un malvavisco violeta a la hora de la retina mientras se iba la maestra de física. Hay tantas cárceles en el mundo, y el hombre por todas partes nace como lechuga y todas las noches muere en corto circuito. Es tiempo nublado, es cierto, pero lo alternativo no es ya sino ese restaurante chino grasiento donde están cortando a ese rinoceronte en rebanadas, donde ya no hay noticias matutinas, donde los pescados dirigen la orquesta olímpica y los transeúntes que aún viven en el fin de siècle vienés se levantan el sombrero y se emocionan, como si todos viviéramos en la casa de Michael Jackson. Nadie me escuchaba ya, con excepción de un grillo que habitaba profesionalmente el gimnasio y que había estudiado los detalles de la región geológica del Krakatoa, la teoría de las esferas y la consolación de la filosofía. Una de las muchas posibilidades es que yo sea un movimiento folclórico, lo cual explicaría la ansiedad por comer enredaderas y cenizas de fénix. Detesto que este teléfono panzón me dicte la eternidad: si vamos a dedicarnos a hacer bolillos, más valdría establecer el calendario de todas nuestras erecciones para que todo quede bellamente planeado, sin rodeos ni aforismos transterritoriales. Es como ese rascacielos que alguien puso en la guardería junto con todas sus marmotas. Confieso que brevemente me volví oriental cuando los animales comenzaron la fiesta pero, como nadie sabía tocar el piano, todo pronto se convirtió en una consulta con el dentista. Hay un silencio enorme y poderoso cada vez que ocurre un malentendido con la genealogía y, aunque todos lo rehúyen, yo he aprendido a tomarlo como si fuera una salchicha en pan wonder. Estaba por llamarle al artista pop para que trajera sus latas de un dólar, pero habría tenido que abrir aquel refrigerador rosa en inglés antiguo. Nunca he sabido traducir las latas de sardinas de forma inusual; la costumbre de comer comida corrida los miércoles me lo impide. Que las diócesis se adapten a nuestras limitaciones en vez de que nosotros tengamos que cargar las cataratas por nuestros pueblos: ese era mi mensaje, pero lo estaba escribiendo en un papel de baño que nadie lee, probablemente a sabiendas de que ese día la tienda de abarrotes cerraría temprano. Recuerdo haber pensado que sería suficiente causar impacto a la oruga de la esquina, que así es como uno comienza como artista. Conozco a varios que aún están peinando a su hámster con grandes cuidados. Esos quizá son los verdaderos héroes, aquellos que duermen debajo de la alcantarilla, que cantan los adioses todas las noches de memoria, que guardan las herramientas en su mingitorio generacional, que se vuelan la misa para jirafas los viernes, que destruyen los calendarios y los árboles genealógicos y las dentaduras de los rascacielos y los continentes, que están dispuestos a ser castrados por no ir a la fiesta y que sin embargo pueden tocar una sarabanda cuando lo necesite la sardina.

19. Panamá

Este sombrero definitivamente no me queda en el hombro; tampoco me queda en mi río trasero, ni tampoco me queda en el océano que se ha ido colocando entre mis orejas excesivas, ni tampoco en el zoológico de mis caderas. Es imposible ser espía dadas estas condiciones. Uno quisiera ser Mahler o Visconti o por lo menos un sastre que autorice paisajes impecables como se lo hacía al energúmeno. Pero no; este sombrero ni siquiera es un hotel del caribe, ni provoca brisas naranjas sabor a coco, ni sabe resumir a ciencia cierta con aquellas frases que se sienten leves y espontáneas cuando uno ansía entenderlo todo solo con números. Y sin embargo existe la percepción entre los enanos de que hay entre nosotros, posiblemente en mí, un dromedario de oro que coloca huevos filosóficos. Es sin duda una estrategia de la intelligentsia trasnochada que me considera aún el enemigo; sé que debo ignorar hasta ese exquisito licuado de fresa que este mesero indonesio me está restregando en la cara con todas las intenciones de que de repente me convierta en el profesor exiliado. Pero no; este sombrero no me engañará ni a mí ni a trece generaciones atrás cuando todos vivamos en el mismo charco oscuro. Los sitios siempre estarán ahí, a pesar de que nosotros no lo sepamos; sus restaurantes seguirán acariciando las luces nocturnas con mal espagueti, sus piazzas continuarán vendiendo relojes chinos. Todo continuará ligeramente teniendo un mal olor, pero no tan malo que no permita enamorar a los británicos. En realidad la vida es facilísima, siempre y cuando uno esté dispuesto a entender el misterio de las plantas, que consiste en que la realidad no tiene base.

20. Chiconcuac

Hubo una época en que había sombras, pero no de aquellas en las que el temor nos obligaba a comer ansias. En esa época nos abrazaban los borregos, quienes eran también nuestros padrinos de negocios, nuestros amantes, nuestros maestros. Se podían hacer teléfonos con alcachofas y llamar a la municipalidad para declarar decretos; era la época de los hoteles de la montaña que no exigían que nos vistiéramos como niños e hiciéramos gárgaras con puré de pera. Bastaba solamente con ver la televisión y quejarse con los frijoles. Los asientos bien preparados para todo el público, las columnas redirigidas para que los ejercicios de modernidad nos volvieran cantores tiroleses; estos millones de moléculas electrónicas que nos exigen la organización algorítmica de nuestra sangre; tanto así que me estoy desmayando sin poder articular el por qué de las cápsulas de tiempo. No doy nada por un hecho; ni siquiera que hubiera nacido Bach o que nuestros instintos animales hayan generado sin querer el planeta de los simios. Yo no pretendo ser una onza de foie gras, ni creo detener el tenedor apropiado para las endivias, como bien lo sabía usar el energúmeno. Casi no nos queda tiempo y aún no hemos escogido el color de veneno que queremos. Yo casi prefiero quedarme sentado al lado de la fuente, mientras veo ir y venir a banqueros, presencio el drama de todos los ornitorrincos que nunca han pensado en la solidaridad de la especie; supongo que soy malévolo a estas alturas, quizás un viejo que solo piensa en las pequeñas modificaciones al backgammon en el desierto. Se me queman los frijoles solo porque continúo esperando que las tarifas de peaje suban para los otros y que los espejismos destruyan a los ingenuos errantes. Para eso es necesario el frío, un profundo frío que ansío eternamente en este mundo cada vez más caluroso, cuando todos sufrimos concatenaciones en las cabañas, tragando agujetas, amando la paz del salero, repitiendo las mismas listas de invitados. Yo podría servir de jardinero, podando todo aquello que nadie me ha pedido que haga. Pero es fundamental que algún zorro tome la iniciativa y vaya hasta las oficinas de inmigración para definir los bienes raíces de la nación. Los verdaderos semáforos están ahí: solo falta señalarlos con las pocas facultades que nos quedan.

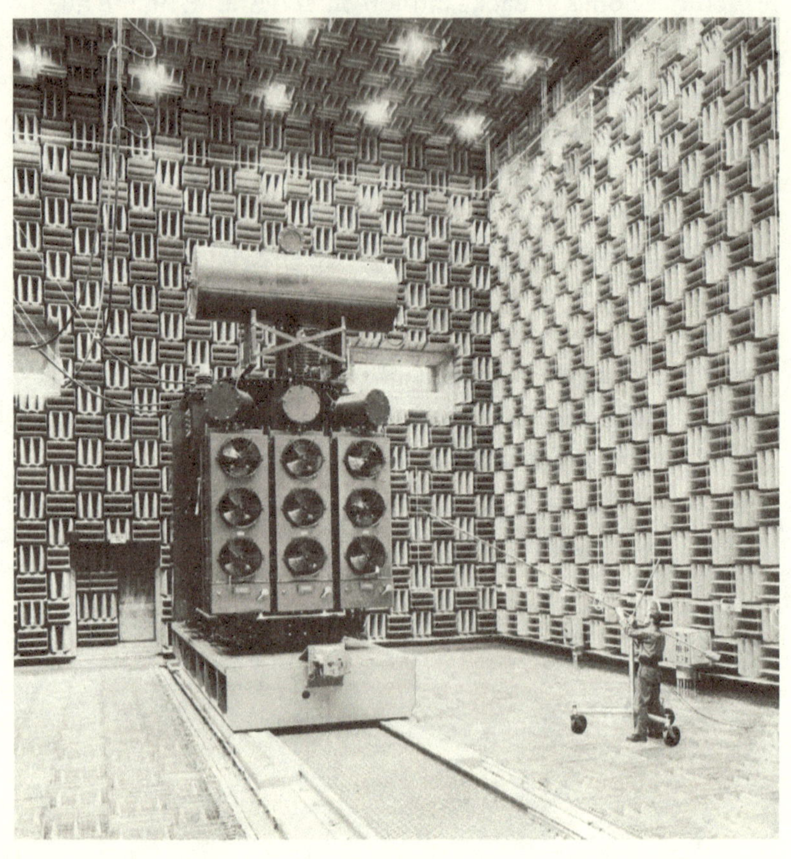

21. Posguerra

Y ahora es hora de hablar del aire. No de esos estúpidos tanques de oxígeno que te llevaste a la luna, ni tampoco del gas de la risa que dispensabas en el consultorio para tramitar problemas legales. No hablo del aire de París ni del gitano. Más bien es su sonido; su olor a pétalos plásticos que es tan reconfortante. Suele ser el aire del Yom Kippur, resguardado en la noche de trabajo. Es el aire absorbente que se come a los agentes de tránsito mortuorio, que forma la burbuja cristalina que solo los que saben lo que es la semilla de la epifanía la pueden entender. Como en algunas obras de teatro, la mayoría se metía al convento para convertirse en adorador de las íes para siempre, en vez de vivir en el piano-bar en un estado de casi total sopor. Ahí es cuando el aire nos puede salvar, sumando a los quinientos caballeros ventiladores que, como hijos de Coatlicue, pueden venir a luchar por nuestro aburrimiento, consiguiendo con su sangre que podamos acostarnos en el reposet para ver el futbol. Ya nadie hace estas situaciones como antes, ya los sainetes muertos nos han malacostumbrado a que las charlas de sobremesa hayan sido puestas donde está la vajilla barroca de la bisabuela. Solo los vientos que soplan desde el coseno hasta el levante consiguen traer de nuevo ese olor a reloj flamante que tanto necesitábamos de jóvenes para pasar el examen de matemáticas y el de civismo, que era al día siguiente. Nunca les prestamos atención, por supuesto, hasta este momento en que sin percatarnos hemos construido nuestro propio yate imperfecto, lleno de fetiches, de excesos intelectuales, y carente totalmente de permisos. Solo lo usaremos para cruzar al restaurante, y eso si es que nos alcanza. Justo ahora se saltan los otros, que por suspicaces han llegado sin pagar y sin hacer el esfuerzo de sufrir por cincuenta años. Lentamente el aire va derritiendo las nieves de pistache y de mamey, revelándonos la virginidad.

22. Anestesia

Ya no me es posible seguir cazando osos por el periférico sin que quede de una vez por todas definido el por qué nunca entramos colectivamente a aquel restaurante chino el día de mi cumpleaños. No es que no esté satisfecho del trabajo hecho por todas las neverías que han cumplido con los requisitos de cada vida. No es que quiera remplazar los pocos muebles por el colosal sofá-sinfonola del energúmeno, pero es que nadie quiere hablar del tema. En los lugares con mucha historia pocos deciden remontarse a ver detrás de las montañas puesto que muchos de nosotros, aunque hemos estado ahí, sabemos que no todas las cosas serán descubiertas como antes. Deseémosle suerte al lenguaje, que justo en este momento nos abandona para darnos una lección y demostrarnos que no es posible hacer garabatos sin saber la definición total y perversa del mundo. Pero yo sí recomendaría a la reina que se escape, muy a mi pesar, dado que no estoy en la alfombra negra que describí al principio. Llevábamos como siempre puestos aquellos gorros ridículos que mientras más pompones tuvieran mayor serían las regalías de todos. Pero nada en este mundo cae de forma gratuita, como bien lo señaló mi lagartija el día en que hicimos ejercicio. Ahora cae una larga cortina de pusilanimidad, operando directamente desde los barrios burgueses donde crecí y que nunca pensé que serían el cáncer dilucidado de todos los días que hoy llega y se convierte en el diablo que irrumpe en la iglesia.

23. Algoritmo

Érase una vez una novela escrita en un grano de arroz, en escritura cuneiforme y composición excepcionalmente dodecafónica. Esa casa de Cuernavaca con sol rosado por las persianas y olor a viejito era el nido ideal para interpretar, con esa partitura, la última composición de Wieniawski. Yo cargo siempre conmigo varios ejércitos de gomas verdes de borrar en caso de que sea necesario reescribir alguna historia incómoda o al menos inconveniente. Podría ser que el circuito interior de nuestra lógica colectiva ya no tenga el mismo tipo de cierre que antes existía en aquel palazzo veneciano de arte moderno, pero, aunque sea incomprensible, creo que sigue siendo necesario tener puestos de frutas en las esquinas y vendedores ciegos de boletos de lotería, pues solo esos y ellos serán capaces de sobrevivir el siguiente holocausto de amnesia en el que nadie piensa participar pero que nos tocará a todos al punto de que no podamos ya escribir ni con la mano izquierda. Estando en la plaza de toros, esperando a que se abran las puertas y salgan los siglos a atacarnos hasta que nos convirtamos en polvo, uno tiene que ser sabio y hasta un poco condescendiente con los relativamente menos fuertes, menos especialistas en tratamientos de spa y menos hábiles en el ámbito de la onomatopeya. De cualquier manera ahí está siempre esa carta magna, bordada en las frentes de los enterrados, luminosa y cadenciosa en el firmamento del tercer tipo pero invisible para las moscas. Es como la aldaba decimonónica que me vendió la señora de quinientos años en la tienda de mi pueblo; ya no las hacen como antes (las ancianas). Es solo un centavo negro que llevamos en el bolsillo, ya extraviado entre nuestros dobleces, que continúa restregándose y haciendo ruido para que alguien algún día —podríamos ser nosotros mismos pero en otra vida— llegue a tocarlo y a leer la ópera que ha transcrito, antes de colocarlo bajo su lengua y cruzar al otro lado con el barquero.

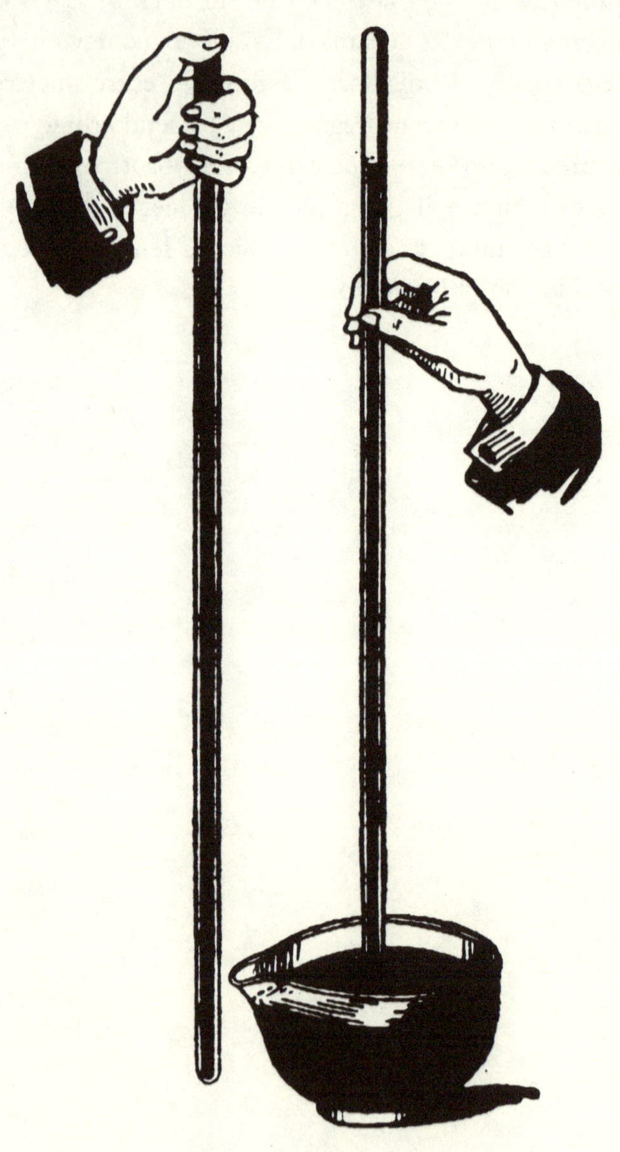

24. Casino

Corrimos juntos desnudos por los pasillos, como el matrimonio secreto que sin embargo pretendía ser público. Qué rejuvenecedor es eso de comprar televisores en los pueblos medievales y de encontrarse de repente bailando una sardana con quince parientes inesperados. Yo no era partidario de robarme el gobierno, pero mi narcisismo infinito lo exigía. Eso requirió sin embargo mudarse a hoteles abigarrados por un lapso indefinido de tiempo, transitar por estaciones radiales con olor a cigarro rancio, beber cocteles rojos y sin embargo profundamente armados. Entonces, como en muchas otras ocasiones, me surgía el deseo infinito de convertirme en un jardinero otomano que hubiera compartido una vida de intercambios intelectuales con los herreros más importantes de su generación. Es por supuesto ya demasiado tarde, pues mi calvicie se puede encontrar desde la carretera y mis cabañas oscuras ya son demasiado tétricas para los niños que entran a la escuela a pedir globos. Sin duda alguna alguien llegará mucho después a hacer una sesión espiritista conmigo y me dirá cosas como las que todos los tenistas quieren oír los sábados. No sé si consideraré aquello como si hubiese visitado o creado un museo. Pero a pesar de todo aún no le pierdo el ojo al enorme bulbo que se esconde detrás de esa consola de la historia que siempre parece estar rayada o tocar solo la canción que le gusta al borracho del rincón que lleva todo el día ahí metiendo monedas. Vámonos a acostar de una vez, que la rima y razón de los calendarios no será alterada de todas formas; los jardines de mis amigos ricos seguirán siendo perfectos en el pasado y ellos estúpidos en el presente; los pájaros ya los convirtieron en mermelada. Nos sentaremos todos juntos a la mesa de la fraternidad donde se miran los unos a los otros preguntándose quién del grupo será el verdadero inmortal. Agradezco que esto no sea un deporte de pelota ni mucho menos de Súper Mario pues entonces sí me volvería perdedor automático.

25. Novillos

El afilador llegó con toda la ropa blanquísima, lista para ser colgada como banderas este día armónico lleno de aire y de hacer novillos. Desde lejos podía ver ese paréntesis del tamaño de una montaña, entrando gloriosamente por la avenida, cargado por ese trolebús.

Los cuadros romanos nos esperaban ansiosamente a que llegáramos a cocinar el arroz y a colocar cuidadosamente los huevos de colores en el patio para que comenzara el noticiero. Nada podía corromper aquella teoría mía de la lavandería, por más que se intoxicaran los planetas. Hasta el día de hoy guardo mi gorro de marinero, en caso de que pase el trasatlántico de la posdeconstrucción para recogerme. Solo por ello como exactamente lo mismo todas las horas, comida económica que se produce exclusivamente con corbata marrón. Desde el balcón podemos ver las flores y los varios cables colgados de las terrazas, donde secretamente asesinan guajolotes y se consumen telenovelas. Quisiera que esos chismes continuaran para siempre, como ruido blanco que se oye hasta en los bares de los hoteles naranjas. Gracias a ello puedo tener algo de qué escapar, de qué estar lejos. Gracias a eso existen la frescura, la independencia de las naciones, el hermetismo, las nueces moscadas, las vacaciones y los conejos inflables, los bufets y las canciones de cuna. No le pongamos pimienta a nuestras carrozas: es importante aceptar el jazz desde la prisión mientras hacemos la tarea.

26. Momento decisivo

Por supuesto que justo en este momento podríamos bajarnos del tren y meternos a aquella planta eléctrica para hablar de política francesa con los bellos vendedores de seguros. El meridiano de nuestra vida es la oportunidad para construir ventanas de lámina compleja y desterrarse en una montaña matemática donde solo sea verano de tres a nueve. Siempre soñamos desde microbios con carros de bomberos: los trompos que nos compran reflejan desde ese momento el deseo de triturar los templos hindús y fusionar a Marte con Neptuno en un licuado de granada. Nos sentimos el chile de todos los moles, el oso polar que habla sánscrito en aquella famosa fábula ferroviaria. Podríamos —es más, todos podrían— ser monjas coloniales que sin engaños coloridos dirigen el Nautilus para cazar a las más melodiosas sirenas. Podríamos, señores, podar elefantes a la vez que fabricar cacao con nitrógeno con fines pacíficos. Podríamos construir trincheras en el desierto y cubrirlas todas con salsa tártara, y llamar a los inmigrantes de la razón para vendérselo como religión ortodoxa. Todo es posible, hasta el montar una antena parabólica en este capullo delicado con el fin de establecer contacto con la escala de Jacob y con Gina Lollobrigida. Solo así encontraríamos aquel forajido pie de limón que rehúye todas nuestras razones y todos nuestros ardores. Pero no, Wakefield no traspasará su casa ni habrá un renacimiento de los danzantes de Eritrea; no regresará Dédalo a arreglarnos la estufa, ni bajarán las oscuras golondrinas con sus bolsas de primeros auxilios a despertar a las piedras. Y yo, que nunca tuve agallas, soy esa cantera rosada que quedó atorada entre dos consonantes, sin tocar jamás el charco. Lo mejor será argumentar que es mejor ser una gota de rocío costarricense en una plantación de café y entregarse totalmente a la biósfera de la duda, aunque los espíritus hablen y los hipnotistas conduzcan sus espectáculos en el teatro cómico de París, tapizando lentamente al unicornio.

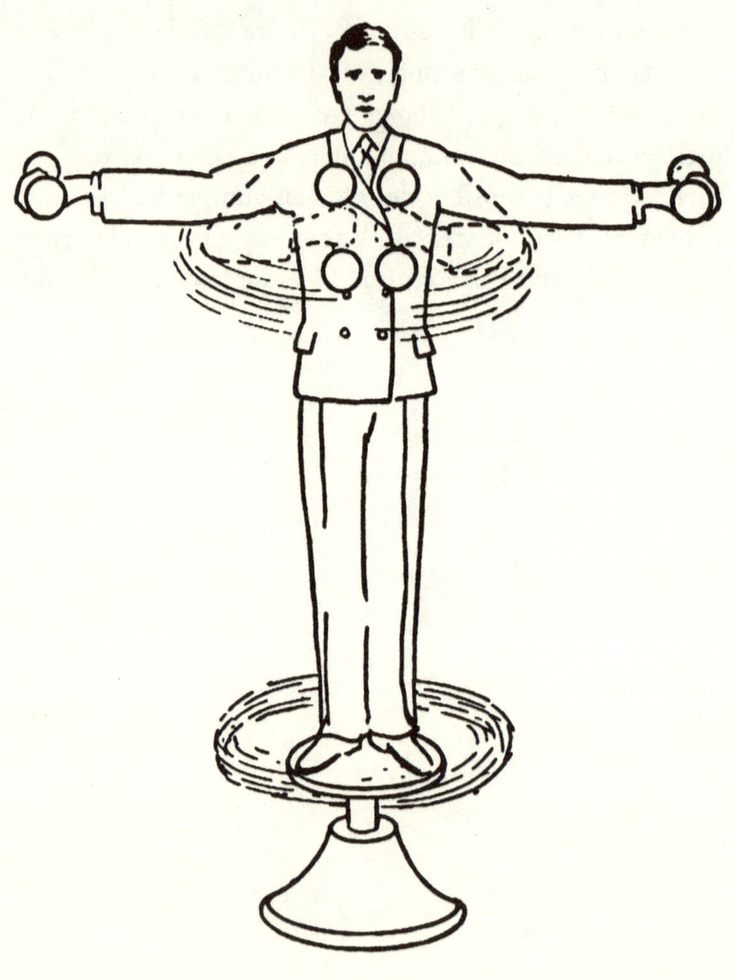

27. Calleja

Ahí es el lugar donde uno puede tomar té marroquí; ahí es exactamente donde confluyen todos los cocoteros y las avestruces que por lo general se esconden dentro de un florero lleno de neutrones. Mi cara parece una pantalla después de tantos años de cantos gitanos remotos. Antes de que existiera el deseo nuestras aventuras ocurrían primordialmente en las tiendas de ultramarinos del centro, como si eso fuera la puerta del sol. Los discos eran amarillentos y la basura, por supuesto, era barroca. Hoy que todo pasaje solo conduce al mismo pasaje acaricio el barandal de arena del metro reflexivamente, solo para tratar de entender en qué consistía exactamente el hecho de que el algodón de azúcar floreciera en la alberca solo cuando uno estaba de vacaciones; para ello tendría que escribirle a todas las ninfas con un formulario poco estimulante y medio embarazoso. Y aunque no lo puedo probar, sé hasta el tuétano que los excusados del tiempo no existen, que Faulkner ni siquiera es pasado, que este submarino rojo con coco contiene la discoteca entera donde actuamos las recetas que nos habían impuesto en la pubertad. Acarreando un proyector de 35 durante el viacrucis, logro ver imágenes de higiene bucal y educación sexual, las cuales a la vez me demuestran que efectivamente el edificio donde inventaron los laxativos continúa siendo la madre patria de los conejos de peluche de todas las eras. No soy el papa besando la tierra al llegar, pero a veces me hinco para escuchar las vías del tren y colocar mertiolate en una cama con estatuas desnudas, pues solo así se abrirá la puerta con la verdadera visión, por un instante que dura mil años, del paraíso.

28. Estío

Mi tío que nunca existió estaba constituido de technicolor, de esos tipos hechos en Vermont donde se puede invertir en hojas naranjas. Las máquinas Remington del energúmeno dictaban en la corte todo aquello que era necesario decirse a la hora de sobremesa (los sábados). Me tomó décadas construir un puente electrónico que pasa por arriba para entender que la estación de autobuses guadalupana no era realmente necesaria para vivir del contrabando. Apenas puedo percibir ese naranja fosforescente en los gabinetes de curiosidades de hace quince siglos. No creo que de cualquier manera el vaporetto en mi bolsillo sirva de mucho dado que la rebobinación del alternador no conduce a que conozcamos a la hermosísima farmacéutica. No había vacunado a mi gato, pero el color crecía en las catedrales a cada minuto y me quedaba clarísimo que tal saturación de retórica no era legal ni era moralmente tolerable por los directores de teatro que viven en mi casa. El punto general es que a veces tenemos demasiada realidad y que esta debe de ser diluida de vez en cuando en aguarrás para que podamos hacer miniaturas austriacas de porcelana. Pero para esto a veces nos autorreclutamos, estúpidamente, en la legión extranjera, sin caer en cuenta de que a veces el olor a libro viejo es suficiente. Prefiero ser devorado por un tiburón mientras me convierto en tortuga japonesa, pero desafortunadamente ese no es mi destino. Mi futuro se encuentra más o menos en un tarro de especias colocado en una tienda en la villa más disneyficada del mundo, listo para que un día un científico malicioso e incomprendido lo convierta en perfume anónimo. Así son las lanchas rotas construidas por los incas del futuro: solo llegarán a salvarnos cuando sea demasiado tarde, después del incendio.

29. Trapecio

La inspiración llega como un leve roce de un bigote de gato. Solemos llenar tantos formularios para pedir crédito que no nos damos cuenta de que el olor a aceite de transmisión a las seis y catorce de la tarde, combinado con linternas rojas, nos podría conducir directamente a las montañas rusas color turquesa. Somos quizá demasiado jóvenes en un mundo demasiado viejo, o demasiado burgueses en un mundo demasiado pobre. No le digas a nadie que comes sopa de cebolla en ese centro corporativo de convenciones, porque de ser así no podrás jamás alcanzar los algoritmos necesarios para entender el Yom Kippur y asistir a la boda en Brownsville. Alguien, desde mucho antes que llegáramos a la fiesta de tupperware, había decidido que la tasa de interés no debería pasar el prisma que habíamos filmado para lograr escapar del país de los don nadie. No me era posible aceptar tal veredicto, y te lo dije cuando estábamos en la horchatería con total determinación. Para ello tomé todas las alcantarillas hindús posibles y me lancé con un ojo al garabato hacia las tierras incógnitas que el doctor me tenía terminantemente prohibidas por el nivel de colesterol. Eran días sencillos aquellos, cuando todavía uno podía comer pinole sin dar explicaciones e incluso pertenecer a la asociación nacional de charros. Pero la montaña mágica ocasionaba aquel llamado de la selva que me hacía ser otro y finalmente me pudo la impaciencia y finalmente brinqué, en la oscuridad total, hacia el trapecio. Todos —menos yo, por supuesto— saben cuál fue el resultado.

30. Rotograbado

El no hacer nada y el querer hacer algo se traduce en esta terapia que me encargaron hacer los gánsteres del gusto en este preciso momento. Procuro trabajar los pistones excelentemente bien para que la maestra no me cache y así pueda pirograbar toda la piramidal, funesta sombra de este dios inasible que me ahoga. Ni siquiera el mejor acordeonista porteño podría igualar mi aleph conceptual cuando me lo propongo. Paso a paso coloco piedras a lo largo de la ruta de la amistad hasta llegar a la sublevación, que no es sino una manera de querer ser reconocido como adulto y, una vez conseguido, dedicarse a reprimir las sublevaciones de otros. No sé por qué solo me atrae la idea de estar encerrado en un hotel cuando no estoy encerrado en un hotel, ni por qué, como los gatos, quiero estar afuera cuando estoy adentro y viceversa. Quizá debería vivir en Ámsterdam más seguido o por lo menos en las faldas del volcán, viendo los chivos desde la cantina. Aún así no dejaré de seguirle los pasos a Ulloa, por más rosacruz que yo me encuentre en mi intimidad. No hay que olvidar que estamos en este intercruce sin ley ni control de calidad; que aquí es donde cualquiera puede perder su pasaporte, sus armas, su calculadora, sus tirantes con su traje de tirolés, incluso el penacho mismo. Me detengo con esfuerzos en este resquicio, como orangután entre dos lianas, tratando de entender un problema profundo en el lapso de un ping-pong de ajedrez, con el reloj tarareando su veredicto. En esos momentos entiendo, creo, la modernidad, pero tal hecho no me salva; es el actuar de forma casi imperceptible entre el pensar y el no pensar lo que nos volverá libres de nosotros mismos y de los otros que queremos ser.

31. Miembro fantasma

La sensación se clasifica entre lo espectacular y lo terrorífico, rompiendo récords pero a la vez cayendo al fondo de una caverna donde solo se puede encontrar una oficina de censo y un consultorio de óptica, ninguno de los cuales nos ayuda a comprender por qué los hotentotes lograron influir lo suficiente en las ideas estéticas de la posguerra. Siempre he sabido que había una especie de gato-alcachofa escondido en las ventilas, el cual sabe más que nadie de las últimas reglas doradas y es capaz de establecer en cero segundos una estrategia de escape para las peores exposiciones nórdicas y sus amantes. Siempre supe que en aquella alberca verde, durante el bolero nocturno y las putas baratas, habría siempre suficiente pasto sintético para que pudiéramos caminar sobre él hasta la cúpula del paraninfo. Siempre tuve la certeza total de que en el apocalipsis final llegarían los diplomáticos a hablarme de aeropuertos y del mercado cambiario. Para ese momento específico estudié toda la vida con el fin de volverme gestor. No me he afilado las uñas todavía, aunque ya saboreo aquel momento en que los postres se habrán echado a perder y todos los líderes de los sistemas piramidales vendrán a suplicar que todo aquello que era invisible hasta ese momento se vuelva de inmediato comestible para todos. Nos sentamos; la luna negra de los bandoleros nos está mirando. Siempre supe que aquella mirada aparecería desde las persianas pintadas por Matisse justo antes de consumar el matrimonio; antes de la guerra civil y de las granadas de plomo; antes de los terciopelos violeta y del cristal cortado; antes de las fotos de estudio y los estanques de gansos; antes de los circos anticuados y las tiendas militares al mediodía: tú sabes que eso que no estás pensando está ahí, circulando por tu baño, como pequeño monstruo, escondido dentro de la polvera, para salir a morderte violentamente.

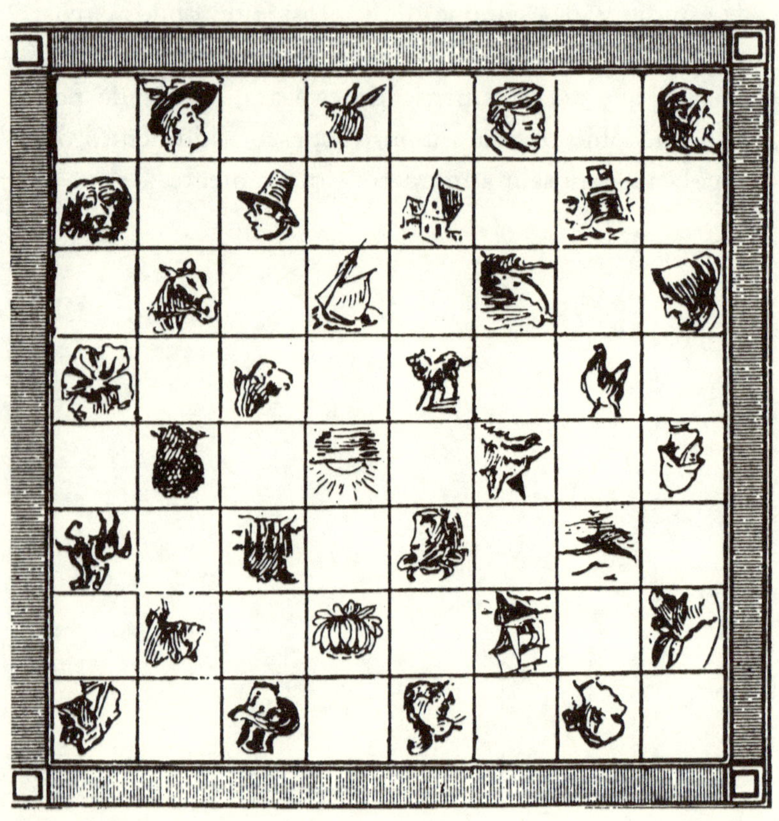

32. Foraminífera

Gracias a Luis catorce pude construir este jardín para Zaratustra, cuidadosamente compuesto de chilaquiles mineros colocados al fondo de esta gruta de Cacahuamilpa. En las noches puedes ver salir a los veladores, con sus antorchas olímpicas, cantando lo último de la moda gregoriana. No fue fácil: tuve que soplarme cuatrocientos mil quinientos setenta y tres anuncios comerciales para finalmente darme cuenta de que la única ventana al mercado del mundo estaba ahí. Mis piernas ya hasta se habían convertido en algodón de Brujas. Aún así, con grandes esfuerzos, tomé mi rollo de plástico naranja y puse el mercado sobre ruedas de inmediato: así comenzó la epopeya del nacimiento de una nación. Una cuna gigante se deslizaba por las escalinatas de vez en cuando, pero yo jamás desistí. Créanme que el pozo llegó a ser tan profundo que la cubeta llegaba hasta Groenlandia, donde recogía, en última Tule, los pocos restos de la goma de borrar de Alfonso Reyes. Me reconfortó tal chocolate caliente ante tal intemperie. Algunos me critican porque propongo el suicidio de las banderas mientras que a la vez amo secretamente todos los molcajetes. Sé muy bien que mi falda horizontal de infanta no logra penetrar los portales y que probablemente no volveré a probar el fideo que se vende en los puertos del mediterráneo. Pero no me importa siquiera que me hagan cirugía plástica en las orejas: mi último objetivo es organizar una orquesta de catarinas aquí en este rincón mismo, al fondo del último cuarto de la historia, para que arrullen los ideales de los inventores de todo aquello que siempre fue inútil, como este coyote que siempre me ha estado mirando, pacientemente, desde mi zapato.

33. Latinoamérica

Desde este balcón podemos ver las pequeñísimas flores de la dictadura. Tómate este delicioso vino que sabe a reproducciones de las meninas, mientras te cuento que aquellas cartas escritas por los artistas asesinados son exactamente la receta necesaria para elevarse a las galerías más prístinas hechas de oro y éter. Parecería imposible, pero si uno es un cachorro de cocodrilo y nace en la Patagonia, aún es posible elevarse entre las rocallosas y, sin habérselo anunciado a Félix el gato, irrumpir en la frontera con toda la fuerza del mundo, con pelotas desinfladas y pequeñas naranjas, hasta burlarnos de los líderes de nuestra belleza. Justo en estos momentos estoy perdido en una calle cualquiera de Bolivia, pero es precisamente el lugar desde donde debería yo hacer mi transmisión radiofónica con el fin de expresar mi afectado interés en las angustias del hombre blanco. Solo eso me llevará al océano índico y me conseguirá la pijama de cuadritos que me era tan necesaria para disfrutar aquel atardecer con cocaína en Caracas. Sé que todos ustedes están arando en el mar, pero no pienso explicarles la solución de la hipotenusa porque de otra forma les garantizo que ustedes me van a atacar en breve dándome toda clase de proyectos de publicidad. Finalmente —y por favor no seamos ingenuos— me queda claro que para triunfar uno tiene que ser levemente imbécil; que la extrema inteligencia no sirve ni para hornear bolillos rellenos de arañas; que la brisa caribeña solo produce amantes que quieren apoderarse de nuestro cuarto de hotel; que los hombres no son sino falsos gitanos que quieren ser arrullados por un tiburón enorme mientras observan el sexo fosforescente a su izquierda. Muérdeme, muérdeme violentamente hasta arrancarme la vida, hasta que no quiera ser un fósforo encendido en la montaña, hasta que yo sea, como ellos, esta página amarilla en una biblioteca que varios gordos millonarios observan con una copa en la mano, hablando de otra cosa.

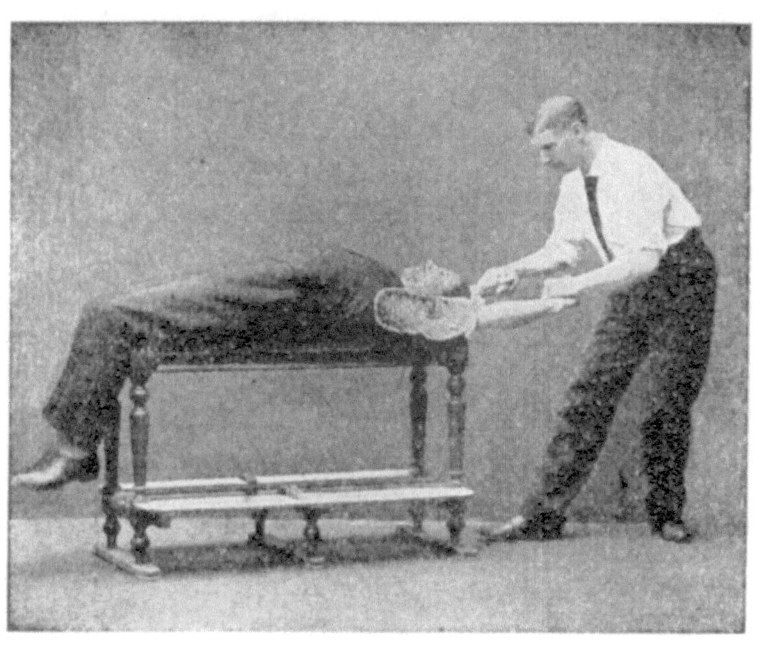

34. Espejo convexo

Colosal antropófaga: sé muy bien lo que estás pensando en estos momentos: que mis altares están todos hechos de jengibre, que las gomitas de azúcar que te estoy ofreciendo no tienen la profundidad de Spinoza ni tampoco perseveran en su ser, que ni siquiera los hippies tendrían tal descaro en irse del restaurante sin pagar la cuenta. Sé que de cada estadio solo puede salir un hipocampo inconforme, que de cada rancho ario solo puede crecer una sola planta de frijol dedicada a su gente. Pero, si te fijas bien, todo alrededor nuestro está hecho de aspartame y encaje, de brocado tan fino de mentiras que nada en ningún momento es más tangible que el hijo de James Joyce. Si piensas en esa cerveza kilométrica que cuenta toda clase de teorías acerca de la muerte de los tulipanes azules, si tomas por un segundo en cuenta el último acto de Aída visto por un regimiento de bebés, si por un instante entraras a esta tienda de fonógrafos usados a buscar a la última hablante de Ramayana, si fueras una marchanta especialista en geometría rusa y en los renacuajos sagrados del apocalipsis, solo entonces lograrías penetrar esta puerta de piedra que te estoy imponiendo como la más cruel violación, a sabiendas de que nunca podrás encender tu vela de cumpleaños, con perfecta consciencia de que hoy en día tu cara está fusionada a un chip electromagnético que te impide ver el siglo doce con claridad. Podría haber solución pero esta se encuentra en el coro de las monjas que cada día está más lejano de tus pantuflas. Lo siento por ti, por tu caída eterna en el silencio, por la manera en que te reconfortas con uñas postizas.

35. Yunque

La clave de esta olimpiada es ser un yunque en tu oreja. Ser un enorme monstruo con pelo teñido sin inseguridades de ángel. Ser una panocha infinita donde caigan todos los empedernidos a restregarse, a cuestionarse y a pretender que saben de lo que están hablando. Ser una estación espacial donde llegan todos los camioneros del universo a confesarse solo para comer aún más hot cakes con cajeta y luego mentirles a sus mujeres sobre sus crímenes. Finalmente entiendo que las verdaderas revoluciones no pueden ocurrir dentro de los calzones de uno, sino que hay que construir ropa interior de sangre y madera en la frontera, de proporciones ridículas, para que los doctores y abogados del diablo lleguen a la conclusión por cuenta propia de que es necesario vivir de eso para siempre. No intentemos hacernos los generosos: este deporte consiste en ser una aplanadora total, destruyendo todo aquello que quiera siquiera pensar en un marco dorado. Posiblemente te equivocaste de cancha donde montar tu oficio de titiritero: en este acto, todos los búhos son exterminados de inmediato. Alcemos el telón a la intolerancia, a la masacre de San Valentín, que seguramente nos vuelve bestias pero que a la vez elimina toda cortina ultravioleta y desenmascara a los fantasmas como lo que son. Solo queda el hipódromo, los sombreros y las apuestas.

36. Gemelo

En aquellos días vivías sin mí, pero conmigo, en una estación de metro. Las fritangas eran la constitución, y el código civil explicaba los cd's pirateados. Un baño rosado era la antesala del péndulo, pero solo cuando la roquera aparecía. Parece increíble que ahora mis ballets folclóricos parecen depender exclusivamente de una pellizcada. No importa, dijo el hijo del cuervo, hasta los sótanos estarán limpios con las corcholatas organizadas, listos para tu regreso. Pero el hecho es que para ese entonces la casa ya estaba vendida, el cielo hipotecado y el infierno vacío. Yo, que tantos turbantes he llevado, que tantos ríos he convertido en sidral, no he sido nunca el que debería haber sido, desvistiéndose en la plaza de Coyoacán, tocando la flauta dulce dentro de las noches blancas de neón, construyendo conejos dentro de sombreros solo para decir que teníamos las mismas memorias cinéfilas, tarareando cordilleras. Puedo ver tu mochila perfectamente, donde nos acostábamos y guardábamos palelocas. Puedo casi tocar esos hongos de las cordilleras que acabaron determinando mi religión y constituyendo la base de la escuela de Frankfurt. Zaratustra: nada podría estar tan lejos en este momento de mis servilletas. Pero nunca te lo diré porque no lo entenderías ni tendría importancia: algunas cosas solo tienen sentido cuando uno las esconde para siempre.

37. Juanas de Arco

Mi oso biónico había quedado atrapado en ese camión que lleva pasando por la ventana desde hace unos treinta y tres años daneses. Ya se me olvidó como se hacía para hacer una malteada de fresa con una pantalla de televisión, colocando un concurso de belleza y unas pantuflas de perro al lado. La clave era tener el noticiero prendido toda la tarde, aunque no dijera nada, pero que fuera amargo. Creo que dejé aquella tienda prendida las últimas décadas, con alcancías árabes y aparatos electrónicos fielmente esculpiendo un manicomio. Solo por eso siempre dejo todos los instrumentos conectados en Las Vegas, por miedo a que el día en que llegue el ajedrez a conquistar los gimnasios de moda yo no esté preparado. Todos tenemos una luz fluorescente empotrada en la frente, la cual suele encenderse solo cuando los gérmenes inalámbricos amenazan con destruir nuestras humildes playas privadas. La fría brisa que entra dentro de la carrocería otorga menciones honoríficas de la memoria, la cual no necesito ya, a pesar de que me persigue insidiosamente hasta el Congo. Debería haber enviado mejores regalos de navidad este año; todos aquellos que comen porcelana como yo acabaremos pagando nuestra insolencia con los ídolos de los desventurados, demasiado frágiles como para morir en la hoguera, como será, sin duda, mi destino.

38. Druidas

En la cúspide de la colina, donde solo pueden llegar las gacelas de la noche, donde solo pueden crecer los cetros opacos de nuestra religión, donde se fabrican los lentes de tercera dimensión para el cuarto mundo, ahí pienso clavar esta bandera orgánica para Zaratustra. La olimpiada vertical, con sus cataratas y lava ácida, no impedirá que organicemos nuestra humilde excursión a la escuela campestre. En realidad todo es mucho más sencillo de lo que uno está inclinado a amar, solo porque los caballos de Troya han generado un sinfín de hombres dedicados exclusivamente a bañarlos y peinarlos. Pero yo no quiero ser uno de ellos. Tantos esfuerzos para lavar el coche de uno en medio de la nieve negra, tantos días de haber sido olvidado, esperando el camión que luego uno advierte que nunca llegará; tantas islas incendiadas que uno trató de salvar. Me niego a que las guelaguetzas no incluyan mis truenos gimnásticos; a que los perros callejeros reciban condecoraciones sin haber firmado una hipoteca basada en mis recetas. No es exceso de somnolencia, sino una respuesta al desacato del desafío que me impuso la bella excéntrica al principio de la película. No pienso fallar. Mis dardos serán melcocha, pero tendrán sentido; serán talco fino, pero construiremos iglús con sus ladrillos. Narcos serán, pero narcos enamorados.

39. Perla

Buenas noticias: la filosofía sufi apareció esta mañana en un cocotero escondido en la alacena de nuestras tías. La mala noticia: la noche no es noche sino camisa de fuerza disfrazada de caja de sorpresa. La buena noticia: los escalones de la tortillería egipcia conducen a lo más cercano que podemos aspirar a tener un secretario que nos conduzca todas nuestras autopsias. La mala noticia es que este televisor tropical no sirve como motor para detonar la bomba de hidrocarburos necesaria para iniciar una reunión cumbre sobre la textura de las alas de la mariposa monarca. Aminora el impacto saber que existe la impresión de que hay una solución a las enfermedades transmitidas por las esponjas, pero nuestra religión nos impide comprar pizza profunda. Pero lo bueno es que ignoré toda ley y toda tasa de interés, y de todas formas construí aquel puente de popotes para poder cruzar el estrecho de Bering y poder conocer a los trogloditas que inventaron la sinfonola. De no haber sido por aquella aparición de alas suaves, no me habría vuelto ateo. Me siento afortunado de que haya alguien que se sienta afortunado y de que todos me maldigan a pesar de que no he bajado de peso. Si viviera en la sierra desierta, si tan solo pudiera tejer los mares en un poema profundamente cursi escrito con brylcreem, posiblemente entonces esto serían malas noticias. Pero vivimos tan solos que no hay pelota de goma que valga, ni sesión de cabaret que no incluya un maniquí perfecto que nos gane las apuestas. Que nos quedan solo unos instantes para confesar nuestras verdaderas creencias, que nuestras creencias no son confesables, que no hay manera de salvar a los cirujanos de su inmortalidad: esa es la mala noticia, la mala suerte, la mala yerba, la hermosa hora del cierre definitivo de las ostras.

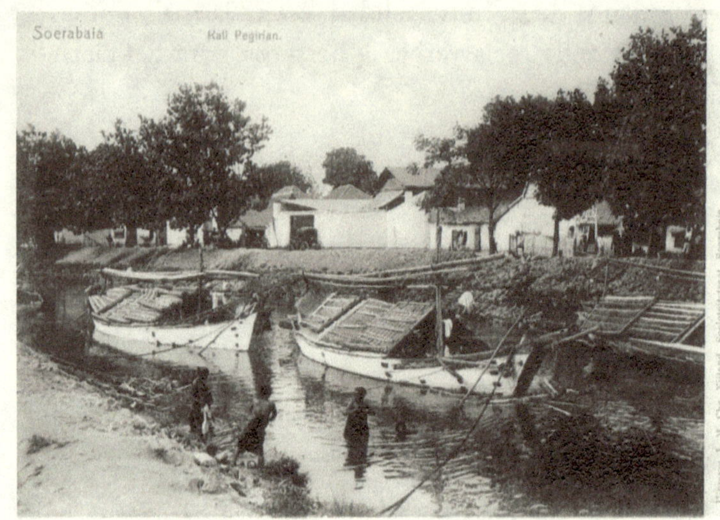
Soerabaia
Kali Pegirian.
Uitgave J. M. Chs. Nijland, Societeitstraat, Soerabaia.

40. Crusoe

Con pequeños guijarros que tienen forma exacta de ballena, así, colocados cuidadosamente, amorosamente, unos junto a otros; así es como quiero que la cocina despierte todas las mañanas al estilo talavera; con muchísimo esmero las gotas de sangre y las orejas rotas en el río, pegadas con pritt con los leños de Abraham Lincoln y los borregos de Benito Juárez, juntos así cruzarán un lugar que no tiene nombre, que no tiene mascotas ni tiendas de nuez moscada ni tintorerías para borrachos. Con todo el amor del mundo construiremos esos tiovivos en los sesenta que casi sin querer nos llevarán para siempre en círculos, contándonos historias persas, siempre haciéndonos progresar en círculos mientras pisamos piedra por piedra, usando dos perlas como tacones y una hormiga como caballo hasta llegar a edificar este monumento de malvavisco azul, perfectamente bien pensado por quince millones de personas que se comunicaron por skype el martes pasado para firmar esta constitución. Eres el último constituyente, el último molusco que queda vivo del siglo diecinueve, pero no creo que a muchos les interese ese hecho aunado a la tragedia que implica congelar los dientes de leche de uno para siempre. Algún día, como yo, transitarás esos lugares, algún día perderás la paciencia y pedirás permiso para ordenar a la carta con un plumero y un delantal erótico. Mientras tanto solo te puedo prestar estos grillos de terciopelo que al menos te pueden dar una breve lección de aristocracia.

41. Refaccionaria

Desde muy lejos, desde el faro de los mudos, donde nacen las fábricas de medias para caballero y donde viven las fábricas atómicas, ahí se aprende simultáneamente a amar y a manejar. Llegamos con nuestra procesión anónima, consistente simplemente en llevar varios muertos escondidos en la cajuela, portando en el pecho un escapulario con la imagen más hermosa del mundo. No hay nadie por las aceras, solamente erosión —los ruidos constantes de las turbinas y la luz ámbar que nos revela que a lo mejor nosotros somos un fósil atrapado ahí desde hace millones de años. Movemos la manguera, recorriendo estadio por estadio, en un mundo que parecería ser más bien un frutero vacío, dislocado, violado por charcos de aceite de transmisión, oliendo permanentemente al día de la cafetería de hospital. No encuentro mi portafolio naranja, donde solía esconder a mi hombre invisible. Esos eran otros tiempos, diferentes a este que no es ni será nada más que esto, más fecundo que el presente y más venenoso que el pasado imaginado de la maestra de física. Lentamente veo mi sombra separarse de mí en la forma de un poste de luz, y mi reloj se ha convertido sin que lo advierta en una sórdida sacristía. Quizás esta es la visión del fin del Dormimundo, pero es más importante que el final o el comienzo de todas las guerras. No puede ser celebrada, ni siquiera demasiado pensada o pronunciada: esa es su gentil magia, su gran perversión de contrabajo que nos aniquila bajo su vibración tan profunda que se vuelve en cloroformo invisible. Ahí, lejos, descubriremos que los motores de diesel siempre se erguirán sobre nuestras tumbas, riéndose de nuestros ridículos amores de la adolescencia.

42. Costra

El barco se estrelló con gran violencia contra la primavera. No habían existido koalas hasta esa tarde cuando los profesores de rumano se reunieron a deliberar sobre el futuro de la radio libre. La lluvia nos había traído libros de niñas ahorcadas en los quioscos, como la locura del difunto en el crepúsculo. Éramos felices, sin embargo, con nuestros chicles de colores, mientras platicábamos de una novela al caminar hacia la farmacia después de la lluvia. Era sin duda aquella sensación de sentirse protegido por las conversaciones de otros, sin tener que decir nada. Por ello siempre se me antojaba su cena, a pesar de que no fuera nunca nada diferente. Las persianas estaban siempre ahí, afirmando su importancia con la psicodelia, a pesar de que el tocadiscos estuviera roto y de ninguno de los que estaba en la fiesta probablemente supo pintar las banderas o llenar los globos de agua como era necesario. Cada vez se ve más blanca esa calle, pero debe de ser por la distancia y por mis crecientes fondos de botella. De cualquier manera nos sentíamos Ahab, narrando la historia desde nuestra despensa como si ese lugar fuera el único recinto donde se pudiera tocar el cascanueces a la vez que aspirar pasta rancia. Todo era posible esos segundos —solo había que regresar las grandes cazuelas, junto con nuestras abuelas, a la cocina económica para que no hubiera rupturas en las medias o resbalones con los bastones. Ni hablar, ni esperar, ni a veces pensar, solo para prevenir el crimen del olvido y para vengarse de inmediato de los enemigos, precisamente olvidándolos.

43. Interdisciplina

Presiento que en el pasado la asociación internacional de albañiles se reunió en la inauguración menos importante, en la que yo coleccionaba mis monedas para efectuar una serie de animaciones verbales sin esperanza de amor; que en ese momento a nadie se le había ocurrido que una pelota con pentágonos naranjas podría ser considerada algún día como la granada máxima de los desahuciados y los carentes de apellido, territorio o botas para pescar. Pero —ahora ya lo sabemos— esas reuniones en el garaje de estudiantes de California que se convertiría en el calabozo del planeta fueron fundamentales para difundir una redonda locura que, con sainetes hebreos, lograba colocar los acentos en todas aquellas partes donde a nadie se le habría ocurrido plantar una corona de arroz con leche. Se me cae, con dificultades, la cabeza, y por ello busco desesperadamente una vaca que me ayude a brincar a la luna para no decir que por lo menos no intenté yo también volverme, en su momento, un entusiasta, un especialista del tai chi y la química orgánica, en Indochina y aquí también, aunque con trámites de divisa. Yo sé que nunca los pagaré, no tanto por pobreza sino porque me rehúso a participar en un sistema en que uno nunca sabe dónde quedó la bolita y que a fin de cuentas nos acapara el corazón, el humor, nuestro tricornio y nuestro telescopio. No nos queda sino regresar con el fin de beber agua cualquiera y despertar al gran monstruo de Bensonhurst, con quien bastaría decir el alfabeto una vez.

44. Confutatis

Veamos la siguiente imagen:

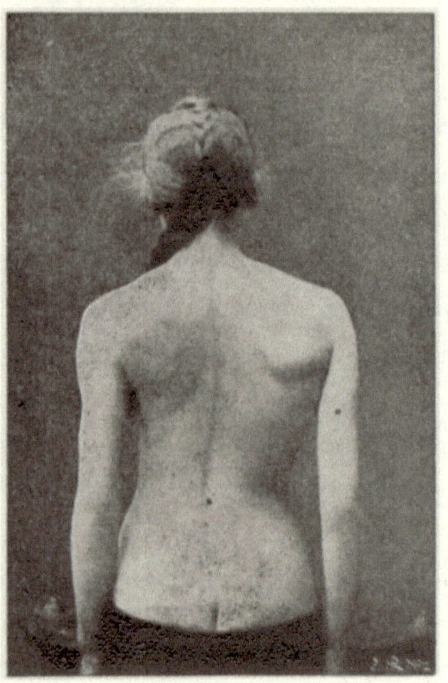

Como uno bien puede percibir, es hora de comer. También es hora de hacer tres mil pelotas de playa para invadir la república a la hora menos deseada, y así poder decir que llegó a la última casa del Brasil. No envidiemos los hermosos lentes del señor de enfrente, mejor enfoquémonos en esta composición que levemente se destapa con un monitor secreto al final de la montaña. Esta nos confiesa ciertas cosas, las cuales deberemos revelar un sábado en la tarde mientras pedimos —cuánta hambre hace— tortillas en un restaurante etíope. Podemos intuir, por ejemplo, que el mundo ha cambiado, que así es la vida, que no se puede generalizar. También podemos morder levemente el rincón de este emblema para asegurarnos de que no estamos soñando, es decir, corroborar que alguien efectivamente de carne y hueso nos está tratando de decir algo que se le olvida y que esto no es una sesión espiritista cualquiera. Podría dañarse el traje de novia, pero vale la pena correr el riesgo de ir por la libre para ver los enormes espantapájaros que prohibieron a tantos genios ir al baño. La maldición principal es pensar que hemos sido maldecidos. Eso también está escrito, aunque solo a regañadientes por una niña en la era de Franco, en un cuaderno olvidado en una escuela abandonada.

45. Brocado

Hemos estado juntos por tanto tiempo tú y yo que parecemos canción — dijo la onomatopeya. Eso es al menos lo que recuerdo haberme dicho yo cuando estábamos en aquella pelea de gallos aquel domingo ranchero. Proliferaban las tinas de Halloween, posiblemente para que metiéramos todos nuestros hits de los ochenta, sin estar conscientes, por supuesto, de que en ese momento comenzaba el Renacimiento. Yo era un aspirante a Capuleto, pero nunca fui ni he sido catador de rinocerontes ni me he dejado devorar por el papel carbón. ¿Por qué estorba tanto este soufflé que adoptamos tan a la ligera cuando éramos escoceses? ¿Por qué uno no puede nunca volverse un lápiz mordido con acordeón? Todos sabemos que ya no tenemos nariz para oler la pólvora del mantel, pero, a pesar de los pesares y de nuestros caireles profundos, solo estamos nosotros en este elevador de bronce. No quisiera yo romper aquella tradición de cines al aire libre, pero nuestra relación íntima va más allá de eso: es la obligación de abrigar a todos los bebés que nos caigan del sur, a reparar todas las canastas que sostienen a los hijos de Sánchez, a revisar todos los dictámenes y a bañar a cada burócrata con sales minerales. Ese será nuestra verdadera pista de patinaje, a pesar de que aún estemos en la palapa contando botones. Sé que esto suena al lago de los cisnes, pero no exageremos: el certificado de seguros aún no ha expirado y, dependiendo de cómo lo vea uno, hasta ahora solo hemos ido a trabajar a diario en una sala de espera mirando pésimos posters de Renoir.

46. Asilo

La serenata estratégica finalmente había escapado por debajo de la cama. Cuando ocurrió el esperado incidente, como cuando aparece el fantasma en la tumba de Edgar Allan Poe, estábamos listos para brindar con el calvados. La vida habría sido intolerable de no haber sido por la certeza de que el diente de león algún día sería capturado entre aquellos cristales para convertirlo en célula de microscopio y presumirlo en Broadway. Ahora las luces son enceguecedoras y las cortinas verdes, que tan cómodas se sentían en lo que esperaban eternamente al papa, ahora habían prácticamente desaparecido como el pariente que se muere pero somos demasiado pequeños para que nos digan la verdad y en vez nos hacen creer que se fue de vacaciones. Es tan interesante pensar que uno quiere ser el candidato de Dios sin saber bien por qué, que al final a uno también se le va a olvidar que ya ha desayunado y pondrá la mesa cada hora. En algún momento se nos va a olvidar permanentemente dónde pusimos nuestros juguetes, dónde pusimos a nuestro energúmeno, y perderemos completamente la noción de los sólidos; nuestros pasos se volverán cada día más leves hasta que casi flotemos por los corredores; los niños nos señalarán murmurándoles preguntas a sus papás; nuestra habitación adquirirá un olor a pólizas de seguro y color blanco.

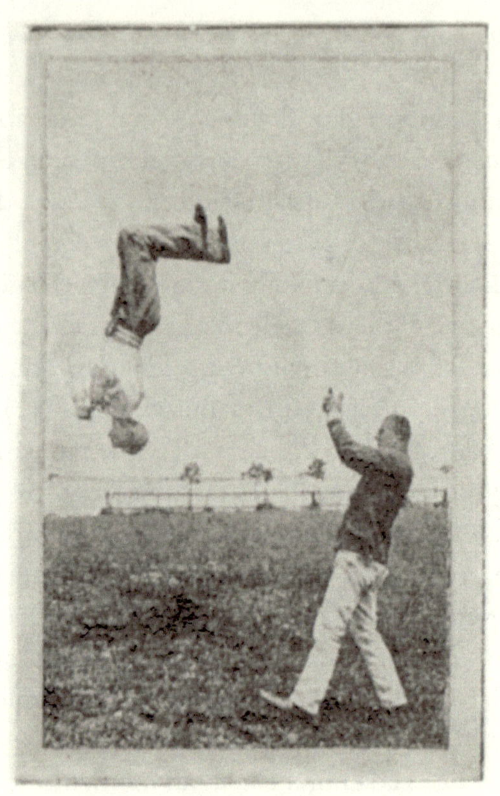

47. Lobotomía

No puedo escoger. Ambos sabores son importantes, ambas tragedias y comedias son irredimibles. No se trata de tener opciones, sino precisamente de que no existe otra opción más que la de aceptar que no es posible tomar una decisión. Antes se nos hacía una lobotomía, hoy en día nos tiemblan las piernas indistintamente solo para avisarnos que la tienda de al lado cerrará más temprano que de costumbre los martes. Hay que agradecerles a los soldados del mundo que, gracias a que ellos murieron en las trincheras enterrados entre sangre y arena, nosotros podemos quejarnos de lo tibio de nuestro consomé de pollo. Desde luego lo que intentaré de inmediato será lanzar mis tenis amarrados por las agujetas hacia ese cable telefónico que a nadie se le habría jamás ocurrido imaginar, fuera de los señores del quinto sello. Y mientras tanto aquí continúo frente a mi tablero de ajedrez, temeroso frente a la cueva, esperando que algún día durante mi vida el cometa regrese y nos dé una conferencia sobre los formatos del destino. Mientras tanto, siento ya convertirme en un piso de hule dentro de una casa con juegos acuáticos. Ninguna noticia que valga, me temo, saldrá de esta cantina.

48. Finale

Creo que ya llegamos al último acto, cuando el cantante principal se convierte en fuente de la juventud gracias a las rebajas increíbles que recibió de la tienda de abarrotes. Es tan gratificante ver las églogas del buen gusto cuando uno tiene mal gusto. En este acto el energúmeno hace su última aparición, diciéndonos toda la verdad sobre nuestra profunda mediocridad, hiriéndonos hasta los talones, revelándonos la altísima cuenta de gas que ahora tenemos que pagar sí o sí. Los cornos ingleses entran con sus sabuesos, vestidos de rojo carmín para mejor establecer el hecho de que esto ya no es Kansas y que las pocas intenciones que teníamos de viajar en globo ahora quedan para siempre congeladas en una fábula austriaca. Los trombones y las maracas hablan de un incidente en la cafetería. Un delfín canta el contrasujeto mientras que una máquina de escribir contrapuntea la remisión que deberemos llevar en nuestro pasaporte a la salida. No estoy listo para salir de esta escuela, que tanto me ha hecho lamer, pero ahora no me quiero salir de la tina. Comienzan a caer los huevos con confeti. Predeciblemente lloran las yeguas de siempre. Comienza a bajar el telón hecho de piel de cocodrilo. No quiero. Por favor no me dejen en esta tienda solo. Me da miedo dejar sola a Zaratustra, me aterra que se sienta desprotegida, pero en realidad sé muy bien que ella era la que siempre me protegió a mí. Suplico a los tramoyistas que no coman pastel de queso. Tengo pavor de que suene este negro teléfono antiguo junto a mi butaca.

MODULACIÓN

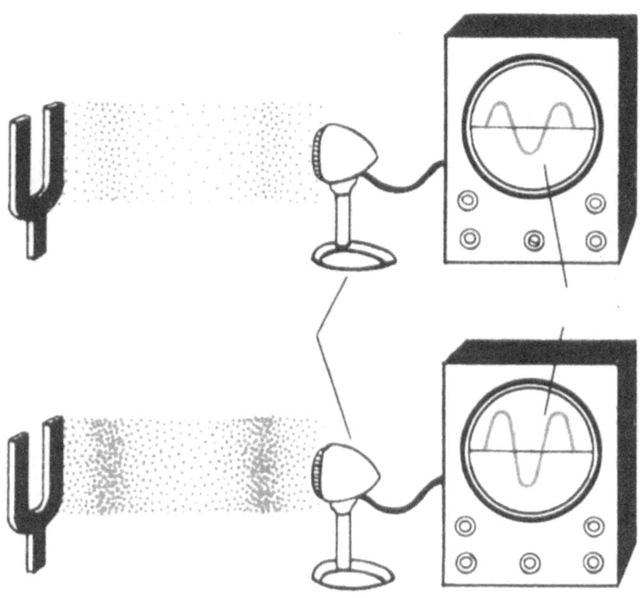

La humedad suele producir unas marcas levemente sepias en el papel amarillo, expandiéndose como una viruela en la litografía. Los artistas deberían estar conscientes de esas pequeñas enfermedades que eventualmente llegarán a afectar a sus hijos, pero en realidad tanto ellos como nosotros somos un poco huérfanos. Miro el precipicio del escusado, que hasta donde le es posible retiene cierto decoro. Curiosos, estos espacios privados que en realidad son públicos, y los comentarios secretos que algunos sienten el impulso de escribir en el marco de la puerta: "Esteban, 1994, Murcia", o "Lety y Chimis, viva Guadalajara, 2001". Siempre me he preguntado el sentido de esos gestos que a nadie más le interesan más que a sus autores, y concluyo que no puede ser otra cosa sino una combinación de tres cosas: el deseo de continuidad, para regresar a ver esa marca, el deseo de permanencia y el miedo a la muerte. Curiosamente ya no quedan muchos baños como estos. Pero mis amigos me esperan afuera; pensarán que estoy o loco o enfermo. En realidad ya no pertenecemos a este mundo.

Apago las luces pero instintivamente volteo antes de cerrar. De la ventana, una estría de luz azul desde la azotea cae sobre el grabado.

La Habana/Brooklyn, 2012

Sobre el Autor

La obra de Pablo Helguera (ciudad de México, 1971), que se enfoca en temas relacionados a la historia, la sociología, la pedagogía, y la ficción, adopta formatos multidisciplinarios que han incluido la creación de un archivo fonográfico de lenguas en vías de extinción, la construcción de un teatro de la memoria, simposios teóricos poblados por actores sin conocimiento del público, un servicio de telegramas cantados, la implementación de un centro de investigación ambulante sobre la telenovela latinoamericana en el mundo, y la invención de catorce artistas ficticios, junto con su obra y bibliografía crítica. Sus primeros textos aparecieron en México en la revista Vuelta en 1988.

Su proyecto titulado *La escuela panamericana del desasosiego* (2003-2010) consistio en una escuela nomádica que viajó por tierra desde Anchorage hasta Tierra del fuego. Es autor de más de diez libros, que incluyen el *Manual de estilo del arte contemporáneo* (Tumbona Ediciones, 2005, Jorge Pinto Books 2007), la novela *El niño en la letra* (2008), *Las brujas de Tepoztlán (y otras operas inéditas)* (2007), *Artoons I, II* y *III* (2009), la antología de conferencias-performance *Theatrum Anatomicum* (2009), la obra de teatro *The Juvenal Players* (2009), así como *What in the World* (2010), *La Escuela panamericana del desasosiego: una antología de documentos (*con Sara Demeuse) (2011) y *Education for Socially Engaged Art* (2011) todos estos títulos publicados por Jorge Pinto Books. Ha recibido las becas Guggenheim, Creative Capital, y el primer premio de arte participativo de la comunidad Emilia Romagna (Bologna). Actualmente es director de programación en el departamento de educación del Museo de arte moderno en Nueva York.

Roberto Tejada es poeta, historiador del arte, y traductor. Es el autor de *National Camera: Photography and Mexico's Image Environment* (University of Minnesota, 2009) y *A Ver: Celia Alvarez Muñoz* (University of Minnesota, 2009), así como de los poemarios *Mirrors for Gold* (Krupskaya, 2006), *Exposition Park* (Wesleyan, 2010), y *Full Foreground* (University of Arizona, 2012).

Junto con Kristin Dykstra y Gabriel Bernal Granados es co-director de *Mandorla: Nueva Escritura de la Américas*, revista que fundó en 1991.

Notas al prólogo

1 Friedrich Nietzsche, "On Truth and Lies in a Non-Moral Sense" en *Philosophy and Truth; Selections from Nietzsche's Notebooks of the Early 1870s,* Atlantic Highlands, N.J.: Humanities Press, 1979, p 81.

2 Correspondencia electrónica con el artista, 18 julio 2012.

3 Pablo Helguera, Ohad Meromi, and Xaviera Simmons en conversación con Paul David Young, "Turning Theater into Art, *PAJ: A Journal of Performance and Art* 100 (2012), pp. 169–182.

4 Roger Caillois, *Man, Play, and Games,* translated by Meyer Barash, New York, The Free Press of Glencoe, Inc., 1961, p 19.

5 Friedrich Nietzsche, "On Truth and Lies in a Non-Moral Sense" en *Philosophy and Truth; Selections from Nietzsche's Notebooks of the Early 1870s,* Atlantic Highlands, N.J.: Humanities Press, 1979, p 84.

6 *A Surrealist Book of Games*, compilado y editado por Alastair Brotchie y Mel Gooding, Boston, Shambhala Redstone Editions, 1995, 26-7.

7 José Lezama Lima, "El 26 de Julio," *Imagen y posibilidad*, editado y compilado con prólogo de Ciro Bianchi Ross, La Habana, Casa Editorial Letras Cubanas, 1981. p. 19.

8 Barbara Guest, "The Shadow of Surrealism," *Women's Studies: An Inter-Disciplinary Journal*, 30:1, 7-9.

9 André Breton, *Mad Love* [1937], traducido por Mary Ann Caws, Lincoln, University of Nebraska Press, 1987, p. 87

10 Martin Heidegger, "The Age of the World Picture," en *The Question Concerning Technology and Other Essays* [1938], traducido y editado por William Lovitt, New York, Harper Torchbooks, 1977, 133-4.

www.ingramcontent.com/pod-product-compliance
Lightning Source LLC
LaVergne TN
LVHW091009080826
845145LV00003B/1195